给可乐的一束信

严晓驰 著
钟钟插画工作室 绘

重庆出版集团 重庆出版社

图书在版编目（CIP）数据

给可乐的一束信 / 严晓驰著 ；钟钟插画工作室绘. -- 重庆 ：重庆出版社, 2024. 8. -- ISBN 978-7-229-19009-5

Ⅰ. I267.5

中国国家版本馆CIP数据核字第2024AP0442号

给可乐的一束信

GEI KELE DE YI SHU XIN

严晓驰 著　钟钟插画工作室 绘

插画绘制：钟钟插画 - 啤梨 cat
责任编辑：刘云颖
责任校对：刘　刚
装帧设计：JEEGOO design

重庆出版集团
重庆出版社 出版

重庆市南岸区南滨路 162 号 1 幢 邮政编码：400061 http://www.cqph.com
重庆博优印务有限公司印刷
重庆出版集团图书发行有限公司发行
E-MAIL:fxchu@cqph.com 邮购电话：023-61520678

开本：889mm×1194mm　1/32　印张：7.5　字数：180 千字
2024 年 10 月第 1 版　2024 年 10 月第 1 次印刷
ISBN 978-7-229-19009-5

定价：39.00 元

如有印装质量问题，请向本集团图书发行有限公司调换：023-61520678

版权所有 侵权必究

前言

2022年的一个秋日，重庆出版社的三位编辑姑娘来我家中做客。我顺势拿下书柜上一整排自费打印书中的一册给她们看。那是我的孕期日记，足足写了十多万字，每次有出版社的相关客人来，介绍到孩子，我就把这本自印书取下来，给大家"漫不经心"又"若无其事"地展示。

那年我的孩子刚满5岁。5年来，看过的编辑都会说："哈哈哈哈哈哈……你太搞笑了！"然后，就没有然后了。

而云颖是唯一一个认真阅读的编辑。

一周后，她在微信上联系我："晓驰姐，你可以把书稿电子版给我看看吗？"

次年4月，出版合同上盖上了一个猩红的戳，我在"甲方"那栏郑重地签下了名字。成稿过程中，我们讨论过无数次，也修订过无数次，让这些随笔越来越接近最后被看到的样子。这本书的定位，也从博士育儿、精英育儿，最终落脚到了"幽默育儿"上，我们认为这种平凡人历经万难却永远释放快乐的幽默感，能走进更广大读者的内心。

我的身份并不那么显赫，云颖花了很大力气说服其他同事："这个作者最大的亮点是幽默。"我得知后，便坚持给朋友圈每条状态、每篇公众号文章都精雕细琢，以保持幽默人设屹立不倒。

我的孩子可乐在本书出版之际已然七岁了。七年是人际关系的一个重大考验期，对亲子关系也一样。最初为人父母的激情和焦虑散去，新的困惑和挑战业已形成。情随事迁，感慨系之。但是生命创始之初为我带来的欢愉、满足和感动，一直在给予我勇气和力量。

幸福就是做好每一件小事，这是七年前的怀孕体验带给我最大的收获。我曾经历强烈的妊娠期呕吐，也经历过孩子脐带绕颈的恐惧，担忧过产检结果不佳，也害怕生产过程不利要"顺转剖"。宫内孕检测、NT检测、四维彩超、血检、尿检、胎心监护……关关难过关关过。与此同时，我还在学校里授课，吐得天昏地暗，极大地削弱了女学生们的恋爱热情。生完孩子后不久，我因为卵巢囊肿进行过一次全麻手术。术前医生看出我很紧张，特意安慰道："每次手术都有风险，就像一个孩子出生那样，从受精到胚胎发育，每一步都十分凶险，生产过程更是难以预测。但是你要相信，孩子一定能够平安降生。这就是生命带来的最大奇迹。"可惜这么煽情的一段话，我只报以"啊"的一声，就被麻药放倒了。那场手术很顺利，正如可乐的出生一样。

不管成长到多少岁，怀揣着"爱"和"信心"的人，总能够在岁月的风云席卷中谋得自己的一席幸福之地。所以我希望这本书可以给更多的家长一点期待，正如我们怀揣着一个孩童一般，生命的每一天，都要承载着希望。愿那些梦想终能实现。

严晓驰
2024.4.29

关于本书和可乐的父母

  这是一个新手妈妈怀胎十月的妊娠实录。经常听人说怀孕是一件神奇而又美妙的事情。但是刚开头的3个月体验期就几乎让我形神幻灭，强烈的贯穿始终的孕吐、各种各样复杂又令人担心的检查、羞涩又难以开口的孕期尿频等，都是妊娠前从未想过的尴尬。在此期间，我还时常担心工作会不会出现疏漏，孩子脐带绕颈会不会有危险，胎儿双顶径过大能不能顺产，孩子的手指头和脚指头数量够不够等问题。经历了惊喜、忐忑、焦虑，从开始怀胎到瓜熟蒂落，这是一个准妈妈真实的心路历程。最终，我的孩子可乐如约诞生了。他出生在2017年霜降那一日晚上9点03分，再过2小时57分就是天蝎座了。借由这些日记，我想告诉他：不论你今后遇到什么样的困难，请一定牢牢记得，这个世界上曾有一对男女，他们怀揣着极大的热忱和希望孕育着你。在他们心目中，你永远都是这个世界上最好的孩子（如果家里之后出现另一个孩子的话你们就并列最好）。这些日记当中记录着我们刚当上父母的一切困惑与迷茫。好在我们有很多书，我们每天都为肚子里的你朗读一本书，这些故事在无数个夜晚安抚了你，更安慰了我们。

  在此介绍一下我们这个家庭：

我叫严晓驰，可乐的妈妈，1989年出生，身高166厘米，体重剧烈波动，籍贯浙江省诸暨市，家中独女。我的父亲是一名初中科学老师，母亲是一名公务员，以绝对优势的工资压倒了父亲，因而在家里很有话事权。对于我和父亲处理不了的事件，不论难易，母亲统统定性为：应变能力不强，协调能力不够，接受能力不高，适应能力不好。

我的先生叫吴正阳，也就是可乐的爸爸，1990年出生，身高170厘米，体重急剧上升，籍贯浙江省乐清市，上有两个姐姐。他的母亲没受过系统教育，一直在车间当女工，勤快踏实，从不怨天尤人，一门心思赚钱养家，是个可敬的女性。父亲读到高中想去参军，却被扯回了家，这成为他一生的痛。他从事过的工种非常丰富，年轻时跟着几个兄弟办过厂，破产后想去剪屋顶的电线卖废品，结果触电了，触电的同时又从高处摔了下来，命保住了，但脚骨粉碎性骨折了，至今略微不良于行。

之前我曾经对老吴说："其实我原本是想嫁个有钱人当少奶奶的，后来遇到了你，觉得不当少奶奶也没事。"老吴说："你放心吧，这个梦想实现起来太简单了。我排行老三，就是老吴家的三少爷，你可不就是三少奶奶了吗！"

爸爸的序
凡事皆有可乐

亲爱的可乐,妈妈把这十多万字的孕期日记发给我时,我很惊讶,妈妈是怎样在不声不响中完成这十多万字的。哦,妈妈说是"偷闲",偷得浮生半日闲给你写下的。妈妈在为你写这些文字时,那一定是她内心最宁静、最悠闲的时光,她也一定会认为,这是在纷繁世间里最美好、最有意义的一件事了,就如同孕育你一样。尽管这些文字,你也许要很大之后才能看懂。爸爸也曾为你写下一些文字,却没有像妈妈这样坚持,尽管在爱你这件事上,爸爸和妈妈是一样的。

从心慌意乱得知有你的第一天起,妈妈就开始记录了。爸爸从头看到尾,仿佛和妈妈一起再经历了一次孕育你的过程。这些文字记录了你在妈妈肚子里200多天的时间里,我们的心情,我们所做的事,为你的到来所做的准备,当然,最重要的是,我们想对你说的话。

你有一天会知道,原来你还在妈妈肚子里的时候,发生了这么多有趣的事。这是妈妈的特异功能,她总能把生活中一些平淡无奇的事说得很有趣,写得很有趣。爸爸可以偷偷告诉你,妈妈这种特异功能，还用在了你的名字里。

你的小名叫可乐，爸妈可不是希望你以后成为饮料界的大亨，而只是希望凡事都可以使你快乐。这当然只是爸爸妈妈的美好愿望，你越长大越会发现，生活里的事怎么可能都是快乐的。生活没法改变时，你却可以改变自己看待生活的方式和态度，就像一岁的你，已经会弯下腰来，倒过来看这世界。你一定是发现了一个不一样的、奇妙的世界。

爸爸曾经想给你的大名起为"吴心乐"，这是来自宋代一位哲学家程颢的一首诗"云淡风轻近午天，傍花随柳过前川。时人不识余心乐，将谓偷闲学少年"。妈妈怀着你的时候虽然很辛苦，也遇到不少让人心酸的事，但因为有你，妈妈的内心一直是快乐的。或许，也是她要让自己快乐起来，不让小小的你不快乐。你来到的这个世界嘈杂而纷乱，但爸爸妈妈希望你能时常静下心来，拂去纷乱，去发现那真正使你恬淡和快乐的东西。对爸妈来说，你是我们心里那恬淡和快乐的一部分，但不是全部。你要记住，爸妈的心远比你想的要大。你也是。

你最后的名字，就是你现在的名字——吴循初——是妈妈给你取的，就是"我遵循初心"。现在的你，一个喷嚏、一个纸团、一个瓶子、一根绳子、一把扇子都能让你快乐得手舞足蹈。你的快乐那么单纯、直接、迅捷、强烈，爸爸妈妈羡慕你。尽管在成长的道路上，这种感受快乐的本领会逐渐变弱，但爸爸希望你不管出发多久，行走了多少旅程，遭遇了什么，都能保持你的初心，作婴儿笑。当然，妈妈取这个名字也是为了告诉我们自己，不管多久，可都不要忘了爱彼此的那份初心。

妈妈常说，子不教，父之过。爸爸也深感自己责任的重大。爸爸有什么可以教给你，又该怎么教你呢？自从知道你在妈妈肚子里的那一天起，爸爸就开始思考，就努力转换自己的角色，适应这个新角色。爸爸以前常常跟妈妈打趣，觉得自己还是那个十八岁的少年。哪怕现在，有时看到你，仍然感到恍惚，自己竟然是已经当爸爸的人了。也许爸爸能教你的东西很有限，但爸爸希望在你需要陪伴的时候，尽可能多地陪伴你。爸爸看书，你看书；你打球，爸爸打球。到有一天，你说你要出远门了，爸爸会说，去吧，小伙子，别害怕。

妈妈在日记中，书写她对于生活的感悟，对于某本书的理解，像是对一个多年的老朋友一样向你谈起。妈妈的那些智慧，等你大了，等你也经历生活了，你会一点点地慢慢领会。但妈妈更大的智慧是，她从一开始，就把你当作一个有着自己独立思想的独特个体来看待。我们时刻提醒自己，你是完全不同于我们的存在。妈妈孕育了你，我们或多或少能给你一点影响，但我们更愿意相信，你有着自己成长的力量，你的生活所赋予你的将不同于我们，你智慧的长成也将与我们迥然相异。这里没有超越或比较，你是你，我们可以平等地分享和交流。

妈妈的日记只记到了你出生的前一日，因为最后一日，我们收拾好包裹，随时准备奔赴医院，迎接你的到来。你到来的那一天，妈妈只是补记了简单的几句话，但那一天对妈妈来说，经历了近15个小时的剧痛，无时不在的风险和担心，拼尽全力的生产，应该是最漫长的一天了。

出生之后，你填满了我们的生活。妈妈的身体状况使她连偷闲也不允许了。为了能给你多些奶水，妈妈每天喝大碗大碗的寡淡的汤水，忍着抽搐的腹痛给你喂奶、吸奶，乳腺炎几天高烧不退坚持不打针，几度情绪崩溃又强忍泪水，再没有一次完整的睡眠。而那段时间，又刚好是爸爸博士毕业论文的最后关头，找工作的紧要关头，爸爸奔波于北京和杭州，招聘地和家里。你醒时爸爸照顾你，你睡时爸爸工作。爸爸跟你说这些，不是为了让你学会感恩。爸爸妈妈从来不觉得生下你、照顾你是对你的恩德，你不知道你的到来带给我们多大的快乐和意义。爸爸说这些，只是想让你记得，因为我们都很郑重地爱你，所以也请你在什么时候都郑重地好好爱自己，对我们来说，你是那么特别。

　　妈妈说这是你的新年礼物，爸爸希望，这是你一生的礼物。

吴正阳
2018. 11. 10 于家中

目　录

前言	1
关于本书和可乐的父母	1
爸爸的序：凡事皆有可乐	1

怀胎一月：初见

初见	3
你好，天秤座	6
读书笔记 1：	8
勇敢向前冲	
——读《小威向前冲》有感	

怀胎二月：发芽

老了 20 岁，再年轻 10 岁	13
送你一束信	15
哆——哆——哆——	17
全家凑不出一张幼儿园文凭	19
请婚假	21
萌芽记	23
最好的"大奖"	25
美食畅想综合征	27
背影	29
粗心爸爸？细心爸爸？	31
读书笔记 2：	33
"活了 100 万次"的我们	
——读《活了 100 万次的猫》有感	

怀胎三月：破土

爸爸妈妈的恋爱往事	37
讨厌的下雨天	42
建小卡	44
重要的结尾	46
热血公交车	48
患得患失	50
异地恋后我们开始写诗	52
科技太发达了	54

读书笔记 3： 56
两个倒霉蛋的故事
　　——读《山姆和大卫去挖洞》有感

怀胎四月：婚礼

你老婆穿 175	61
台灯博物馆	62
关于你将来要学的乐器	64
爸爸妈妈的婚礼	66
世界上最可怕的病——感冒	69
爸爸的求婚	71
渔民的后代	74
脐带绕颈	77
烟火气	79

读书笔记 4： 81
爱吃东西会交好运
　　——读《好饿的毛毛虫》有感

怀胎五月：感恩

大整理	85
拔智齿	88
你的动静	90
漏洞百出	92
哭	94
过端午	96
结课	98
你的儿童节礼物	99

读书笔记 5： 101
生命是一次漫长告别
　　——读《再见了，艾玛奶奶》有感

怀胎七月：成熟

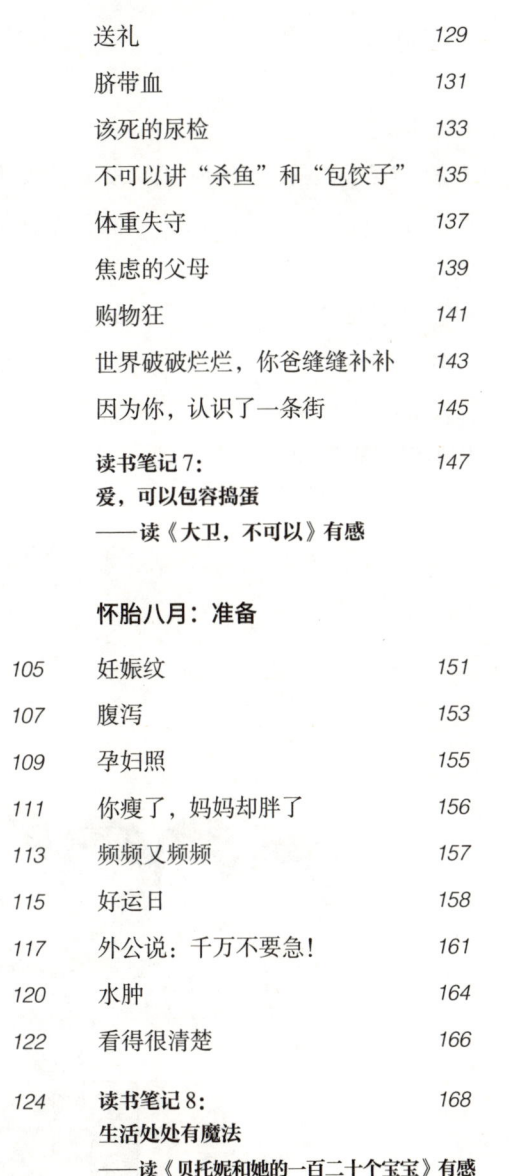

送礼	129
脐带血	131
该死的尿检	133
不可以讲"杀鱼"和"包饺子"	135
体重失守	137
焦虑的父母	139
购物狂	141
世界破破烂烂，你爸缝缝补补	143
因为你，认识了一条街	145

读书笔记 7： 147
爱，可以包容捣蛋
——读《大卫，不可以》有感

怀胎六月：计划

验血记	105
盲目的爱	107
育儿派	109
生产陪护大会	111
我爸在打我时击中了校长	113
一起慢慢长大	115
当我监考时我在想什么	117
望子成龙	120
医生，那真的是我孩子吗？	122

读书笔记 6： 124
我是谁？
——读《我不知道我是谁》有感

怀胎八月：准备

妊娠纹	151
腹泻	153
孕妇照	155
你瘦了，妈妈却胖了	156
频频又频频	157
好运日	158
外公说：千万不要急！	161
水肿	164
看得很清楚	166

读书笔记 8： 168
生活处处有魔法
——读《贝托妮和她的一百二十个宝宝》有感

怀胎九月：等待

节日礼物	173
第一句话	175
自媒体致富梦	176
谁家没个容易被骗的"老小孩"	178
产检记	180
包饺子	182
找呀找呀找工作	184
宫缩	186

读书笔记9： 188
从前有座"和尚"山
——绘本《三个和尚》导读

怀胎十月：相遇

"老龄化"晚会	193
待产包	196
比拼大会	198
计划生育	199
温泉旅馆店的熊	201
宠物不得入内	204
胎动记	206
临产记	208
不管三七二十一，先翻过去再说	210
胎心监护	212

读书笔记10： 214
你好，孙大圣
——读《大闹天宫》有感

后记：你生命中的第一天 216

① 怀胎一月

初 见

养孩子这件事就像是在瓷器店里开推土机一样。还戴着眼罩。还喝多了。踩刹车的那条腿还不好使。

——[瑞典] 弗雷德里克·巴克曼《不要和你妈争辩》

初 见

| 2017.2.9 周四 |

今天晚上,妈妈做了早孕检测。刚开始取尿样的时候是有些闹着玩的。看着试纸浸染尿样后没有变化,妈妈便失去兴趣回房间了。但是爸爸说检测需要等待五分钟,于是他一个人静静地在厕所观看了五分钟的验孕棒。

所以在这个世界上,爸爸是第一个知道你存在的人。他比妈妈多了五分钟的耐心,就提早一刻知道了你的存在。他甚至还差点摔了一跤。

我们知道结果时,相视无言。我问他是何感觉,他说:有点害怕,有点惶恐,还带点小窃喜。

前一日妈妈就发现腹胀难忍,爸爸还给妈妈揉了一晚上的肚子,妈妈还彻夜在家中走来走去消食,得知你的出现后我们两个都吓傻了,开始后怕会不会对你产生影响。加上几天前妈妈还吃了好多辣白菜,更加懊悔。

紧接着我们开始追溯近期是否用过药,是否作息不规律,是否言行不当,是否有切实做好榜样……

然后我们又害怕你不够好看,于是决定买几张好看的海报,让妈妈每日对着欣赏观摩,把你像一幅画一样给创造出来。好比惠特曼的诗一般：一个孩子向前走去，他最早看见什么，就变成什么。于是今天妈妈连正眼都不敢看爸爸，当然爸爸自己也很害怕。

我们开始构思放谁的海报。

妈妈提议吴彦祖："吴彦祖帅！放吴彦祖！"

爸爸摇头："不行，以后孩子抱出去都说像吴彦祖不像我怎么办？"虽同样姓吴，你爸爸显然胸怀不够宽广。

妈妈反驳："如果有人说你孩子像吴彦祖你还能不高兴？"

爸爸沉默片刻："好像还挺高兴！"

不过明星的变数似乎大了点。选人品贵重的伟人吧，但他们的海报太严肃了；那就选福寿绵长的文学家吧，可长得好看的又没几个。

最后爸爸灵机一动说："不如直接挂可爱小孩的海报，总归都是小孩子。"

"好主意！"妈妈马上点开网页搜索。

不搜不打紧，一搜发现真是五花八门：有祈祷生双胞胎的海报，有据说看了能怀男孩的海报，居然还有评论说买回去确实生了男孩的。

哑笑之际，你爸爸已从楼上搬来电脑和小马扎，开始给妈妈放古典音乐做胎教了。我们担心你营养不够，爸爸又积极去热牛奶，又听到我说孕期不跟孩子交流恐有自闭之危险，爸爸立时放弃热牛奶，开始同妈妈体内那枚目前尚是受精卵的你交流。至于说的话，你应该是还不能听懂。

我决定用日记的方式开始记录为人父母的心路历程。今日是第一篇，是第一日知晓你——我的孩子的存在。

可乐，如果将来你来到世上看到这些文字，我所告诉你的便是父母亲对于你的到来虽无充分准备，却满是欢喜与感动，我们没有做过父母，也不知如何去做，只求你一生健康无虞，平安喜乐。其实爸爸在你可能形成的那天还专门为你写了两行字，希望你能喜欢这个家和家里的人。

过几日你外公外婆要驱车过来看我们，妈妈和爸爸都有些紧张，一当上父母，就得面临两个有经验者的育儿考试。妈妈在长大后曾经跟你外公说他以前的一些教育手法有些偏颇，外公是这么回答我的："我们当时也是第一次当家长，并不了解情况，你需要多多包涵！"这话，我也得借来送你。爸爸妈妈不是生下来就是父母，有照顾不周的地方，也请你一定多多担待。

你好,天秤座

| 2017.2.10 周五 |

可乐你好,见字如面。虽不知你性别,但希望我们前世愉快,今生和睦。

因为你爸认为你既然即将成为一个独立的生命,所以我们就该以切实之名姓称呼你以示尊重,便叫你的小名"可乐"吧。你不必忧虑你之后尚有兄弟姐妹称为"雪碧""芬达"或"龟苓膏",可乐即指凡事皆可快乐。

今日,我们带你去了临安人民医院验血检测,证实了你的存在。据妈妈上月之例假日期推出你已 28 天了,且我的预产期为今年的 10 月 21 日。

那么,你好,天秤座!

爸爸仰躺在床上搜索星座特质,发现天秤座的你和狮子座的妈妈比较相称;如果再推迟几日出生,便是天蝎座的宝宝,和双鱼座的爸爸比较相称。爸爸看星座描述,说天秤座的孩子外形优雅,智商高,不免十分欢喜,好像他真立马得了这样一个优秀的孩子一样。过后他又看到"易纠结,略有强迫症",变得更高兴了,因为你的缺点都像他。他为跟你有更多的共同点而喜悦。

等你长大后,想当我们是长辈,我们便做长辈;想待我们如朋友,我们便做好友。

你外婆今日告知我,昨日得到你之消息,激动之下全身战栗,但是外公却很是镇定(当然这绝对是表面的)。爷爷奶奶也知道了你的存在,大家都很欢喜。你要得知受了这许多爱,该是很高兴吧!

妈妈很欢迎你的到来,同时又担忧太过于爱你而丧失了自身。你将要来临的这个国度,父母都为儿女辛苦操劳终老。这些爱平凡又感人至深,有些父母甚至为儿女丧失了自我,但愿我和你爸爸不会这样。你爸爸可能平时不如我那么喜欢笑,但他很心善。妈妈很爱你的爸爸,爸爸亦如是爱着妈妈和你,你是我们最好的见证。

几日后寒假结束了,妈妈便要开始工作,走上讲台去给一帮大哥哥大姐姐上课,到时你有兴趣也可跟着同听,若无兴趣就乖乖在腹中休息便好,千万不可"从中作梗"。须知你若影响了妈妈正常工作,那妈妈便无精力用心照拂于你,最终吃亏的方是你自己,此点切记。

这本日记是写给你的,也是写给妈妈自己的,我也需要一个过程去培养责任感和意志力,去接受"妈妈"这个身份。

晚安!十月见!

同日爸爸日记

陪亲爱的去医院血检,坐在门口手心全是汗,不知宝宝是否健康;晚上不敢熟睡,密切关注她的反应,生怕再有腹痛出现,想好了突发情况的紧急措施。

> 1 读书笔记

勇敢向前冲
——读《小威向前冲》有感

相信每个孩子都问过这样一句话:"我是怎么来的?"

很多家长会说:"你是从垃圾桶里捡来的。""你是充话费送的。""你是胳肢窝里掏出来的。"

《小威向前冲》就是这样一本有趣的性教育绘本,作者用幽默风趣的语言回答了这个问题。

从前,有个勇敢的小精子叫小威,他住在布朗先生的身体里。跟他住在一起的,是三亿个不同的小精子。小威的数学很糟糕,但他游泳很棒。过不多久,即将举行一场游泳冠军赛,每个小精子都在认真准备着,小威也不例外。冠军奖品是一枚漂亮的卵子。现在她还在布朗太太的身体里。

比赛前一天,所有小精子都得到了两份地图和一个号码牌。

"各就各位,预备,开始!"随着裁判发号,所有小精子都一股脑儿地向前游去。一路上,有掉了泳镜的,有被挤掉号码牌的,有不认得路的……小威无暇顾及其他,他不知道还剩下多少距离,只知道要拼命向前。最终,他获得了第一名,从布朗先生的身体里来到了布朗太太的身体里,得到了奖品。卵子长得很可爱,小威跟着她一起变成了受精卵，受精卵不断分裂，生根变成胚胎，胚胎慢慢孵化，变成一个小小的婴儿。等到十个月后，一个叫"小娜"的女孩诞生了。小娜的数学很糟糕，可她真是个游泳高手！

这个故事写得非常温馨可爱，把人类的诞生写得这样浅近和有趣。人体受精的过程变成了一场游泳比赛，战况激烈又充满悬念。要知道，一个婴孩的诞生需要经历无数道挫折。生命的每次孕育，都是三亿个小精子的游泳比赛。但你出生了，就是把三亿分之一的幸运转化成了百分之百的生命奇迹。

可是小威去哪儿了呢？作者说"没人知道"。然而文中三次提到了"数学不好，游泳很棒"的设定，并且小威和小娜在做题的时候都会先算到"10"，而"54+135"的题也出现了两次，他们都一筹莫展。这些细节都在暗示，小威变成了小娜。从受精卵到胚胎再到婴儿的发展，本身就需要改变形态，这种改变就跟小威到小娜一样大。

我们可以通过这个故事告诉孩子：你曾经那么努力冲破层层阻碍来到妈妈的肚子里，相信你一定也能找到人生的路。

与此同时，这部作品反复出现数学和游泳的设定，似乎也是为了告诉孩子们，即便你的数学不好也没有关系，因为你可能是个游泳高手。这个世界上一定有你擅长的事情。无论如何，你曾经赢过一场三亿选手参加的比赛。在那次比赛中，你奋勇夺冠。人生道路上的坎坷与挫折，相信你同样可以好好面对。

② 怀胎二月
发 芽

要么是我今天比平常缺少耐心,要么是小人儿对我的耐心需求加大;但他真的要让我崩溃了,他提了太多问题、咨询和评论,超过了所有父亲可以忍受的程度。他几乎弄得我要发狂;他一刻都不离我,不停地用说话打断我读的每一个句子,把我每一个思考的企图都砸得粉身碎骨。

——[美]纳撒尼尔·霍桑
《爸爸和朱利安、小兔子巴尼在一起的二十天》

老了 20 岁，再年轻 10 岁

| 2017.2.15 周三 |

在上个月 9 号的时候，爸爸妈妈去登记结婚了。因为有感于古代女子婚后都会有发型上的变化，所以爸爸特意带妈妈去烫了个卷发。妈妈一直以来对美容美发都没多大兴趣，本科期间舍友们都去烫了一遍卷发，唯独我没有，因为卷发打理起来很是麻烦，一天不做护理就会"塌方"，像昆曲里的铜钱发型一样。偶尔她们三个都忘记洗头了，远远看过来，以为是徐克的《青蛇》。

女生们的友谊，是需要一起逛街烫头建立的。为了合群，我陪她们去理发店无数次，那里也有很多年轻的男生在等自己女友烫头，我是唯一一个过来等女性朋友的。为了避免尴尬，我有次带着一本《诗经》去看，看了没多久，更尴尬了——周围所有人都用异样的目光看着我。因为店里的音乐是恋爱曲风，店里的青年男女都在玩手机或者大声聊天，只有我一个人在昏暗的灯光下学习，活像励志宣传片主角。

可是人生难免有例外，好歹是结婚，要给你爸一点面子，所以我还是烫了卷发。凡事第一次都难免生疏、悸动、不安，以及小兴奋和小紧张。理发师也没有让人失望，烫完后的我真想对镜子里的自己打出一行字：20 年后。

"我觉得很好看啊！""人的一生总归要烫一次头发嘛！"出理发店后，你爸爸拼命给这个发型找补。出于他的一番好心，我也不敢说卷发不好看，尤其还是在花了500多块钱的基础上。

但是今天，他又陪我去把这头卷发给剪了，主要原因是我最近总能够隐隐约约闻到卷发药水的味道。

"老公，这个药水对孩子没影响吧？"

其实我就随口说了一句。你爸爸忽然警觉起来，然后他查一会儿手机，闻一下我的头，越来越焦虑，终于小心翼翼地询问我："那要不然咱们去把头发剪了？"

"哦？"

"你要是舍不得就算了。可能也没关系。"

"那不行，为了孩子，什么都可以牺牲。"我深明大义地说。

就这样，我光明正大把这一大堆卷发都给剪了。

这次理发师又没让我失望，让我年轻回来了10岁。里外一核算，我还比烫卷发前老了10岁。

送你一束信

| 2017.2.18 周六 |

你开始跟一粒小沙子一样大了，还有两个小黑点长出来，那是你将来的眼睛。妈妈近期会少看电脑屏幕的，希望你日后视力能好一些。晚间你爸爸突然急匆匆走进来嘱咐我，孩子刚刚出生第一年去厕所洗澡不能开暖灯，那对你的视力不好，并且强制我点头。尽管我知道这件事需要重视，但你毕竟才不到一个月呀！

妈妈从今天开始就会有很多工作了，但不会不理你，反而一直在跟你交流。你能感觉到妈妈每天都在摸肚子里的你吗？

其实给你写信（也就是这些日记）的初衷，是妈妈还不确定自己能否会成为一位合格称职的母亲，想通过给你写信逐步消除自己内心的恐惧、忧虑和不安，想着从身心慢慢接受你的存在。但写了几日后，竟然起了很深的保护欲，晚上睡觉的时候都会下意识地护住肚子和肚子中的你。

我想，每一个母亲在最初的时候都是无力又惶恐的，但渐渐地，她们身上的力量就会被激发出来，这是我们生平众多无私又不计回报的爱中最为深切的一种。

爸爸在过去送了妈妈很多书，很多信，很多话，妈妈一直都牢牢记得，偶尔拿出来想想，就仿佛把陈年老肉干拿出来晒太阳一般，很有一番滋味。

　　妈妈给你写信，也是希望有朝一日跟你分享。你年幼时看，只当是些闲话笑语吧！待你稍稍年长，历经一些人事，如若有不如意之感，也可过来看看，这些文字中住着你年轻时候的父母，他们现在贫穷而浪漫，最大财富无非是你罢了。留下一些字迹，也是留下我们自己的痕迹，让你能在人生任何阶段都相信这世上有两个人无私无畏地爱着你。就算无法亲自伴你走完那条长长的生命之旅，你也要明白，一个人能够在这世上曾被如此深爱过，便不必惧怕任何孤单了！你到了九十岁，一百岁，到时候想起自己的父母，也不会觉得遗憾。

　　当你走到下一个世纪的时候，记得带上我同爸爸所赋予你的全部深情，看看那时的世界。

哕——哕——哕——

| 2017.2.22 周三 |

晨起,妈妈首次孕吐。

早上将醒未醒的时候,妈妈突然感觉胃里翻江倒海,紧接着喉咙一紧,立马起身呕了几下。

爸爸忙跟着起身,问怎么了。妈妈摆摆手示意说没事,但下一秒,恶心的感觉越来越厉害。孕吐的感觉很神奇,跟小时候晕车的感觉很相似,胃部的食物正通过剧烈的运动盘旋而上直逼咽喉,它们像一阵旋风一样卷起来,让我觉得自己是个抽水马桶。待到它们到达喉咙时,好像又有一个冒失鬼冲到舌根附近,用力地捣鼓了两下,并示意所有其他的兄弟回去等消息。果然,妈妈时不时就呕一下,但并没有吐出什么来,只是不停干呕。这种感觉实在是太难受了。

伴着妈妈的孕吐,今天你听了人生中的第一堂课,是妈妈上的语文教学研究。但是今天点名经历了极大的尴尬,因为妈妈每点两三个学生的名字,就会呕吐一声。

"梦婷,淑莹,哕——依柳,小邬,哕——"妈妈都可以猜到学生心里在想什么,甚至担心自己的孕吐会直接降低这个班级的婚育率。

我最亲爱的孩子,因为有你,妈妈变得更加脆弱也更加坚强。

爸爸妈妈虽不得护你在世间万事周全，却也会尽自己最大之力创造一个好的环境。

同日爸爸日记

亲爱的孕吐不适，还要在两个校区间奔波上课，而我即将身为人父，此刻还要兼顾自己的博士论文。人生多有无奈。想到孩子以后难免面对这么多困难，同样替他担心。希望他能做他想做的事，过我们所没有过过的生活。但愿我能为我的孩子赢得宽松的环境。

全家凑不出一张幼儿园文凭

| 2017.2.24 周五 |

恭喜你与我做伴了六周，真是非常了不起的孩子啊！你现在还是小小的一粒种子，但渐渐有了人类的样子。

今日不工作，无孕吐。看来我们可乐也不喜欢工作。其实不光是工作，妈妈小时候还不大爱上学。

妈妈小时候每次上幼儿园都哭得撕心裂肺。外婆有次不放心，于是跑到了幼儿园对面一栋大楼的走廊上，想偷偷观察下妈妈的反应。当时妈妈刚刚跟班上的小朋友们热络起来，不小心看到了对面趴着的外婆，一时间情绪全然崩溃。

到了上小学的时候，只要外婆早叫了妈妈五分钟起床，妈妈那强大的起床气甚至都能够推翻整座学校，上学前在家中吃早点的时候只要外公稍微训斥一声，妈妈就涕泪涟涟。而不上学的时候，外公就算揍妈妈一顿，妈妈也能够忍住不落泪。

直到后来妈妈上了高中，每次去学校也总是苦着脸，一副不情愿的样子。那时的妈妈，怎么都不会让人想到这个小女孩以后会成为一个学习刻苦的博士吧！

爸爸当年第一天上幼儿园是你的大姑姑带着去的，她送完爸爸，自己还要去上小学。结果爸爸哭得肝肠寸断，死死扒住学校门口的一根杆子，谁过来都拼命地踢，全身的衣服都沾着泥土和泪水。就这样，爸爸一战成名，从此就被恩准可以不上幼儿园。

看来我们家的家风就是不爱去学校的吧。爸爸那年没有上幼儿园，而是被爷爷奶奶带到了上海一起去收购破烂，爷爷当时骑着三轮车带着爸爸经过复旦大学的时候，总是由衷地感叹："以后我的孩子如果能在这里上学该多好啊！"后来爸爸虽然没有去到复旦大学，但确实去到了上海这个城市求学。

爸爸妈妈虽然年幼时并不喜欢上学，但在成长的过程中我们慢慢体悟到了知识的乐趣，那是一个全新的世界，希望有一天知识也能为你带来自由和幸福。

你爸爸已经为你选好了家门口附近的一家幼儿园，就在小区楼下，缓慢步行过去只需要十分钟。选择它的主要原因就是希望你上学不必焦虑，因为爸爸妈妈就在附近。很多小孩子上幼儿园是要大哭的，爸爸妈妈希望你能够挺住，毕竟在这种事情上，咱们家是有遗传的。

请婚假

| 2017.2.27 周一 |

今天上午妈妈去请婚假,因为我们要在4月30日办婚礼。婚礼日期是你外婆在一年半前交钱加插队找算命先生算来的。真是个"好日子"——五一前一天,大部分朋友都请不出假来;那天还是上级部门教学视察日,单位发了通知:所有教师不得在前后三天内离开学校,违令者——自己想办法。

你外婆出动了几十年的人际往来,观礼亲友大半壁江山都是她的。如果我请不出来婚假,基本要被你外婆断绝亲子关系了。于是我四下询问,大家告诉我,这事儿得先去问问教务处处长。

你爸为了跟我结婚,跟学校户籍科的老师软磨硬泡了两周才成功。我决定吸取他的教训,知己知彼。通过同事的帮忙,我知道了处长的星座,因此特地选了他那个星座运势特别旺的一天,也就是今天去请假。为此我还写了一篇一千多字的稿子,细数了作为一个大龄女青年找个对象是多么不易,妄图用文学的力量打动他。

我就这样忐忑地走到了处长办公室门口。我以为处长是单人单间,就在门口徘徊了很久,心想待会儿见到领导,一定要表现出自己的知性和礼貌。琢磨来琢磨去,十分钟过去了,里面走出一个人。

我激动地说:"您好!处长!"

他谨慎地问:"你找谁?"

我说:"找您!"

话音刚落,他把门开得大了点,我才发现里面有四五个老师,每个看着都很像处长。于是我犹豫着问:"您是代处长吗?"

他摇摇头说:"他开会去了。"

我就转到了代处长开会的会议室门口——等着,蹲着,耗着。

我的诚心感动了天地,半个多小时后,有个年轻人出来了。这次我谨慎多了,赶紧走上前,亲切地拍拍他的肩膀,故作轻松地问:"嘿!帅哥!你们代处长在里面吗?"

对方狐疑地看了我一眼,又狐疑地审视了一下自己,说:"你找我干吗?"

那一秒,我感觉过了一个世纪。我的脑海里回想起最近这一周心酸的过往,想起自己多方奔走毫无结果,想起自己在忐忑不安中的种种猜测,情绪终于上来了:

"我4月30日晚上结婚,那天我没课,学校通知说……"

"哦,好的,祝你新婚快乐。"

"我是说我要请假结婚!"

"嗯,写个假条上来!祝你新婚快乐!"

说完,处长迈着轻快的步伐离开了。

我的结婚申请就这样下来了。

我凝望着他的背影,内心伸出一只小手,暗暗地说:别啊,领导!我还有一千字的稿子没背呢!那可是我和我老公修改了四遍的稿子啊!领导……

萌芽记

| 2017.2.28 周二 |

在 B 超室的电脑屏幕上,只有芝麻大小的你在我的子宫里一蹦一跳。你的体征一切正常,我们为你感到骄傲!

跟着你一起发芽的,还有妈妈在去年冬天种下的柚子和松树种子。当时妈妈无意中吃到了一个非常甜的柚子,就下决心收集种子,期待来年种出无数果子来。

妈妈一度以为这些种子种不出来,因为柚子种子的萌发需要 15℃ 以上的温度,妈妈在播种时忽略了季节,导致种子们完全蛰伏了。哪怕是妈妈特意将整个花盆端进了卧室吹暖气,种子们也毫无起色。过了一个月,那个装满柚子种子的花盆在卧室、客厅、阳台来回流转,终于被妈妈放弃了。妈妈将大部分的土壤舀到了其他地方去种植绿萝、吊兰以及白菜。经过柚子的失败,妈妈对于阳台培植松树的信心受到了严酷打击,只好悻悻然地把泡过的松树种子胡乱撒了一通。

没想到,今日无意中却看到了松树小苗们宛若撑着小伞一般大片地从花盆底部冒出来,而柚子芽也纷纷举起了细嫩的小手。想来这便是生命的奇迹了。

外出时爸爸在路边采了两棵小银杏苗,是大银杏树种子掉落长起来的，非常可爱。因为长在那里迟早会被园丁当作杂草给除了，于是爸爸挖回来放在了小花盆里。没错，爸爸就是这样一边紧张万分地挖着小银杏，一边给自己和妈妈做的心理建设。他在路边迎着风沙刨着土，让我很难相信这个人曾经是喜欢写诗的。

这附近有很多的树木花草，尤其以不值钱的铜钱草为多。那东西在水沟里一长一大片，根本薅不完。当然还有像我们这样挖大树旁边的小树苗的，比如桂花、银杏还有水杉。这些小苗会被园丁定期清理掉，就算我们不挖走，迟早也是得进垃圾桶。

我们挖来的两棵小银杏的根部有一点损伤，现在还不知道靠着夏天的力量能不能使它们复苏。恭喜可乐的小花园里又多了两位小朋友。

同日爸爸日记

早上陪亲爱的去做产检。我们在医院等候了两个小时，但看到可乐的跳动且得知一切都正常时，还是很激动。下午跑腿咨询如何建母子保健卡，路过小学门口看到家长等孩子放学回家，发现自己最近父爱泛滥，想着什么时候我也在校门口等孩子放学，孩子一出校门就向我奔来，我带着他回家，给他做好吃的。

最好的"大奖"

| 2017.3.1 周三 |

外公外婆早上过来看你,这让妈妈想起半年前的一次抽奖经历。当时你外公购买冰箱时商场送了15张兑奖券,运气好的话能抽到一台松下全自动滚筒洗衣机。

抽奖这种事情妈妈是有经验的。我出生在中国福利彩票大火的年代。1987年,彩票横空出世,当时的口号是"筹集社会福利资金,帮助有困难的人"。刚开始流行的是刮刮乐,后来是双色球。刮刮乐火爆到什么程度呢?那时我刚上一年级,你外公外婆带我去买过。开奖的地方是诸暨市体育馆,几乎是万人空巷,全市人民都抱着"发家致富"的梦想来了,整个体育馆都人头攒动,根本挤不进去。你外公一手提着钱包,一手拉着我,喊:"大家一定要齐心协力!"

当时的刮刮乐是十二生肖主题的,大奖是"牛甲"。价格是两块钱一张,所有人都是一打一打地买,生怕错过命运翻盘的契机。人群中有位大叔站在高台上刮彩票,喊一声"发财"刮一张。连刮十张不中后,周围的人开始揶揄他。他自己也觉得没趣,偃旗息鼓走下台。没多久,又一个新大叔跑上去开启他的"致富之旅"。还有收废品的一张一张认真拾起,同时不忘再帮大家检查一遍。

刮奖的时候大家也很虔诚，你外婆要先握住彩票双手合十拜一拜，然后说"祖宗保佑"。她刮得很小心，从第二个字的位置开始刮，刮出来细细长长一根杆，登时紧张起来。"这该不会是个'甲'字吧！"等到发现是个"丁"字，心情立马灰败。我们刮了一整天，连五块钱也没中，五百万的梦想就此告破。之后好多年，你外公睡前都得放个本子，方便把梦到的号码记录下来，也终究都没中。

话题回到半年前这次的 15 张兑奖券。你爸爸当时说不想花掉那个"好运"，所以我们没有去兑换。果然有更大的幸运到来了，那就是——你！

美食畅想综合征

| 2017.3.4 周六 |

妈妈最近常常孕吐,这几天嘴里快淡出鸟来了(这是《水浒传》中鲁智深的话)。好想把你卸货之后连吃一个月的麻辣香锅、汉堡包、孜然烤羊腿、炸鸡、凉拌黑木耳、韩式辣白菜……凡是现在不能吃的东西都百爪挠心地想吃!格林童话当中有一则叫《莴苣姑娘》,是说有个女人孕期相中了邻居家的莴苣,非要做成凉菜吃,结果邻居不巧是个巫婆,抓住了孕妇的丈夫,威胁他再采莴苣将来就要带走他们的孩子,结果丈夫居然同意了。那个后来被巫婆带走的孩子就叫莴苣姑娘,都怪她有一个"吃货"妈妈。

然而孕期有很多食物禁忌,比如不能吃口味太重的,妈妈简直患上了"美食畅想综合征"。

有一天晚上,爸爸煮起了泡面。妈妈忍不住在一旁神出鬼没地晃来晃去。爸爸于心不忍,给妈妈分了一点泡面吃。为了你的安全起见,爸爸没有放泡面的常用调料包,是用了盐巴和酱油煮的,还加了一个荷包蛋。妈妈兴致勃勃跑过去,才吃了一口,就又想吐了。一点也不好吃,原来不健康的泡面才香气四溢啊!

还有一天,妈妈终于忍不住跑去麦当劳吃了一个鸡腿汉堡。入口那一刻,我觉得世界静得只剩下自己和那只汉堡。

直到某一天，妈妈突然想到了"金丝银芽"这道菜。简言之就是把豆芽剔中空，填入肉糜，进而加入火腿丝、葱丝翻炒。爸爸听完后仰天长叹："啊！你不是贪吃啊！你是要搞封建强权啊！这是慈禧的菜单啊！"最后结果自然是没有吃成，爸爸还给我普及了鸦片战争，让我时刻警惕封建王权思想的侵袭，还用面粉团子给我搓了几粒丸子，取名"大清药丸"（大清要完）。

最后我们还是下了馆子。原先爸爸担心外面馆子味精过多，但他一想到那道"金丝银芽"，就觉得味精也没有妈妈的贪吃可怕。

同日爸爸日记

你妈最近想吃的想疯了，我只有像做贼一样昼伏夜出，偷偷出去吃炸串，压力太大了。

背　影

| 2017.3.6 周一 |

你外婆上次来临安，晚上跟妈妈聊了好久。外婆说，当她第一次得知你的存在时，虽然高兴得浑身发抖，内心却无比失落，同样失落的还有外公，你可能还无法理解这样矛盾而复杂深刻的感情吧。

父母对于孩子的爱是非常厚重的。这一点，当妈妈有了可乐之后，也开始慢慢了解体会了。

外婆他们从有了妈妈开始，几乎放弃了自己的人生理想。他们的世界当时都被小小的妈妈填满了。所以，当他们得知自己辛苦养育的唯一的孩子竟然有了恋人时，异常地沮丧。虽然口头上说是因为爸爸的家乡有点远，但妈妈内心知道，换作是谁他们都不会高兴的。他们感觉妈妈正在一个人独立，逐渐离他们远去。

有一年，外公外婆送妈妈去机场，回北京念书。那时妈妈正在考博士，日子过得很苦，回家的时间也很短。那一天，当妈妈过完安检快要消失在他们的视线中时，妈妈下意识地回了头，非常清楚地看到外婆突然哭倒在外公的怀里，好像一个孩子在送别要去上班的家长。你有一日也会因为妈妈爸爸暂时离开你视线而大哭吧！可是，当你长大之后，我们也许会无数次因挂记你流泪，但你却无法看到。孩子们的脚步都太快了，来不及看到身后的父母在流泪。

年轻人总是这样薄幸而多情,对至亲的人薄幸,对这个世界却多情。

所以亲爱的孩子,当你有天兴冲冲离开家时,别忘记要好好同我们道别。你有了新的朋友和新的生活,我们无法参与其中的时候,也大度些让我们知道吧,毕竟我们在年轻时,与你分享了我们的整个人生啊!

粗心爸爸？细心爸爸？

|2017.3.9 周四|

一周前的 3 月 2 日，爸爸从家里收拾衣物去北京。我让他确认第二天的火车班次，他意外地发现自己把中午 12 点的车次记成了下午 3 点。这样的情形已经不止一次了。昨天下午爸爸从北京出发回家，继上次将登车时间看错三小时后，他这次看错了整整两天，以为是明天的车。

你觉得他不靠谱？可是更多时候，他又是特别值得信赖的一个人。

昨晚打了好响的雷，妈妈害怕，爸爸就在火车上开着电脑陪我们。到了深夜爸爸突然发烧了，11 点多药店都关门了，他就直接从车站打车去了医院，什么时候回来的妈妈已经不知道了，本来还留灯等着他，后来就昏昏沉沉睡着了。只是半夜醒来的时候发现爸爸睡到了隔壁，隔着门也能听到他咳嗽的声音，他是不想吵到我们休息呀！但是妈妈也没有阻止他，因为妈妈现在有了你，晚上常常睡不好，时不时就醒，也会吵到爸爸的。

今天一大早，妈妈就听到爸爸出门买早点的声音了，他还煮了鲜牛奶给我们。等到妈妈吃完，发现他又疲惫地倒在沙发上了。原来他昨天晚上先去的那家医院人满为患，等了四十分钟也没能见到医生，只好又打车换了一家医院。

爸爸的喉咙发炎还是没好，一整天都病恹恹地写论文并照顾我们。希望他能够早日康复。爸爸为了不传染我们，每天进房间送早餐都戴着口罩，晚上一个人在隔壁卧室休息。虽然隔着门，妈妈还是能听到他咳痰的声音，很担心。

妈妈有天拍到了彩虹，就想起了《怦然心动》里的台词：斯人若彩虹，遇上方知有。他日你也能遇到一个彩虹般的令你怦然心动之人。在这个世界上有个人会为了你拼命长大，最后你们一起走在爱的林荫道上，共同感叹命运和缘分的奇妙。

同日爸爸日记

可乐，为了早点见到你和妈妈，爸爸一路赶回来了。原本想送给妈妈一个妇女节惊喜，结果先送给了自己一场重感冒，爸爸的肺都要咳出来了。

2 读书笔记

"活了100万次"的我们
——读《活了100万次的猫》有感

佐野洋子写过一个童话故事，叫《活了100万次的猫》。

故事主角是一只漂亮的虎斑猫，它活了100万次，从来没有死去。它当过国王的猫，当过魔术师的猫，也当过水手的猫，可虎斑猫谁也不喜欢。接着又出现了一个老奶奶，一个小女孩儿，一个小偷，他们是边缘又弱势的群体，可虎斑猫仍然不喜欢。直到有一天，虎斑猫结束了当宠物猫的命运，变成了一只野猫。我们才知道，虎斑猫真正喜欢的是它自己。那整整100万次的生命旅程，都比不上它作为野猫逍遥自在的一次生命。

虎斑猫很为自己的经历骄傲，看不上所有来示好的小母猫们。只有一只漂亮小白猫没有过来巴结它，甚至都没有多看它两眼。虎斑猫各种吸引它的关注，它都只是静静地说一声"哦"。这让骄傲的虎斑猫很受挫，但它实在想跟小白猫在一起。于是它只能放下身段，问对方一句："我可以待在你身边吗？"小白猫同意了。

过不久，虎斑猫和小白猫生下了一群小猫。虎斑猫第一次体会到了"爱人"的快乐。小猫们长大后离开了家，小白猫也在一天寿终正寝了。伤心的虎斑猫失声痛哭而死，这次它再也没有活过来。

虎斑猫的生命里，承受过100万次的"被爱"，这些爱似乎宠坏了它，又似乎带给了它极大的不安。因为在每一次的"被爱"中，它都失去了自我，成为别人的"猫"，所以当它拥有自由时是多么高兴。可是紧接而来的就是孤独与寂寞。虽然"被爱"是一种束缚，但也带给它无数的温暖。可惜这一切在彼时并不被它珍惜。

虎斑猫的成长转折点在于遇到了那只漂亮的小白猫，小白猫让它发现原来"爱人"比"被爱"更快乐，"爱人"比"爱己"更广阔。爱是世间最强大的魔法。

海德格尔的名言很好地注解了这个故事：生命是一个向死而生的过程。我们作为人类，是多么坚韧而又伟大啊！

我们每个人都承载着许多身份——父母的孩子，学校的学生，国家的公民。这一切的标签都是他人加诸自己的，我们或许会像虎斑猫一样迫切地渴望自由。而那100万次的生命又多么像在隐喻我们繁琐又重复的人生啊！只不过，不是所有的人都能够从日复一日的琐事中找到自我，甚至找到真正的自由和幸福。

可乐，希望你像那只虎斑猫一样，在100万次循环的生活中，找到自我，遇到一个你所深爱和深爱你的人。

③ 怀胎三月
破　土

每个孩子心中都有那种本质上是人性的冲动，要重塑大地，要改造一个脆弱的环境。这解释了一个孩子在挖掘中，在为他喜爱的玩具开凿道路和隧道中获得的快乐。我们儿子有一辆马尔康姆·坎贝尔爵士的蓝鸟的模型，是涂漆的铁皮做的，有可卸下的轮子，他会在地上没完没了地玩耍着它，太阳会在他稍稍长了点的漂亮头发上打出一种光轮，把他赤裸的背部变成一种太妃糖的色泽，上面交叉着毛织海军蓝短裤的肩带（在他脱掉衣服时，看得到自然的白色垫在他臀部，系在他身上）。在我一生中，我从没有坐过如此之多的长凳和公园椅子、石板和石阶、阶梯栏杆和喷泉池沿，像在那些日子里那样。

——［美］V. 纳博科夫《说吧，记忆》

爸爸妈妈的恋爱往事

| 2017.3.17 周五 |

今天来讲讲爸爸妈妈的恋爱往事吧。

我们是在本科毕业后在一起的，一开始就是异地恋。刚读研究生时两个人都很穷，每个月的补助很微薄，妈妈每月380元，爸爸三个月才800元，还得靠家里长辈贴补生活费。我们又不愿用家长的钱来恋爱，加之你爷爷奶奶也确实不宽裕，爸爸只好不停地去打工。

爸爸的舍友吴生毅叔叔是他们宿舍的打工达人，介绍爸爸干过好多兼职。爸爸趁着节假日还去过上海的迷笛音乐节打工，给那边的店铺帮忙卖啤酒、爆米花和烤香肠。如果不是爸爸亲口说，妈妈都不知道他会做爆米花呢。

当然这样的经历不可多得，于是爸爸瞄上了周末打工，去了一家电脑店当临时保安，看管店里的电脑。当时爸爸还非常骄傲地给妈妈打电话，说自己找到了新的兼职。妈妈问他日常的工作主要是什么，他说只需要在店里晃来晃去即可，因为店里有专门的摄像头，并且每台电脑都连接了专门的报警器。妈妈很困惑，问他既然如此为什么还需要一个保安呢，爸爸这才恍然大悟地在那头说道："是啊，有摄像头和报警器的话还需要我干什么呢？"这句应答不巧也被老板听到了，老板深以为然，所以你爸爸当天下午就又重新失业了。

当然啦，爸爸做这么多兼职的原因不是为了其他，只是为了凑够路费能够来北京看一次妈妈。

上面说的只是开源，节流的部分更是令人心酸。爸爸为了能够节省开支，每次都坐最慢的火车，像个小乞丐一样睡在火车地铺上，最多也就铺张报纸，洗头洗澡更是痴心妄想了。他第一次来北京看妈妈时刚好是那年的十月份，妈妈刚开学不久。他顶着一脑袋乱糟糟的头发，妈妈一靠近，他就默默地走开一点，说自己身上太臭了，待会儿洗洗再跟我说话。那时妈妈带着他去找住宿的地方，周围的小宾馆都要160元左右一晚，这相当于爸爸两天兼职的工资了，妈妈很心疼，但又无能为力。爸爸那时要面子，不肯让妈妈出钱。当然，第二天妈妈就找了一个同学，带着爸爸去投奔她那个不满20平方米的小居室，妈妈和那个阿姨睡在床上，爸爸一个人睡床底下。

最后一天，爸爸和妈妈单独去逛了天安门。两个人一起玩得很开心，也有点伤感，因为知道相聚一次不容易，下一次不知道是什么时候。爸爸说他攒够老本就娶妈妈，但是他也说让妈妈等他六年，他还有三年硕士和三年博士要读。后来妈妈真的等了六年，今年刚好是第六年，还有了你，不过爸爸得到明年才毕业。

等到爸爸要离开北京回上海的那天，我们两个人都哭了。爸爸一个人蹲在火车站的地铁口哭，说自己不想走，就这样哭了很久。妈妈也跟着哭。后来爸爸还是走了，妈妈也走了。妈妈离开那个地铁站的时候，心里空落落的，不知道少了什么，一个人回宿舍继续看书学习，总觉得明天早上起来还能见到爸爸。

这是爸爸第一次来北京。等到他第二次来北京已经是几个月之后了，那时他的经济状况更拮据了，于是问妈妈借了500元钱。来到妈妈学校的第一天下午，我们一起去了自习教室，他说自己坐一夜火车太累了，就趴在桌子上睡了好久。等到真的过去很久后，妈妈才知道他在偷偷地哭，他说虽然才刚来，但想到自己过几天就要走了还是非常难过，觉得自己没用，还得问女朋友借钱。妈妈很心疼。后来他回上海后执意要还钱，妈妈也就接受了，男孩子有自己的自尊心，不可以勉强的。

这是爸爸妈妈上学时约会的情况。有一次过暑假，爸爸还来妈妈家偷偷玩了。

爸爸家在温州乐清，妈妈家在绍兴诸暨，隔得很远。妈妈早知道爸爸要来，于是锁定好了外公外婆不在家的时间让他启动。那天妈妈带着爸爸去看了电影，是《侏罗纪公园》，周围坐满了小孩子，还有两个甚至跳到了我们腿上，到处是一片嘈杂，我们根本看不到内容，只记得手紧紧握在一起。后来电影快放完时你外婆突然说要开车过来接妈妈，妈妈推辞了一下没有硬扛，怕外婆发现端倪，只好叫爸爸赶紧离开，尽管当时距离爸爸的火车发动还有三个多小时。然后外婆到了电影院，问妈妈今天跟谁看电影，妈妈说就是一个普通的同学。外婆顿时就猜到了是你爸爸。想知道为什么吗？因为妈妈所有的朋友外婆几乎都认识，看到妈妈没有直接报名字出来就知道是爸爸了。你外婆真是太可怕了啊！

爸爸和妈妈就这样贫穷地谈了两年恋爱，两个人一起努力写稿子发表，努力赚各种各样的外快，还一起编写了一本书，赚到了5000元的稿费，哪怕没有署名权。之后我们慢慢拓展了选择，有了很多的兼职机会，也存下了一点小积蓄，这让我们之后的恋爱更加平顺。

两年后，妈妈提前一年考上了博士，开始了硕博连读的阶段，有了每个月1200元的补助金，日子终于宽裕了起来。爸爸那一年在紧张地准备毕业，并且打算来北京找工作，因为他觉得妈妈已经等待了三年很辛苦，所以打算过来照顾妈妈。爸爸的导师当时还劝他别来北京发展，毕竟妈妈三年后毕业还是要回浙江工作的，但是爸爸说没关系，他愿意在那时辞职跟着妈妈一起回家乡。

爸爸在毕业那年也考了北京师范大学的博士，但没有考上。他又报考了首都师范大学的博士，没有准备，裸考了。事后觉得发挥得并不好，就去到一家出版社工作。那家出版社刚好距离妈妈学校很近，只有十分钟的车程。第一个月他只工作了十余天，领到了800元薪酬，非常高兴地把工资单给妈妈看，妈妈也很开心，觉得我们的好日子就要来了。不过，出版社的实习工资很低，也就只有2000多元一个月，这个水平在北京是无法租到房子的，所以爸爸住到了偏远的北京亲戚家，每天早上工作还需要坐将近三个小时的地铁，有几天还因为人流量太大三次都挤不进去地铁，非常辛苦。但是他每天工作完都来妈妈学校吃晚餐，两个人还一起散步。当时妈妈晚上还报了一个日语课，但爸爸来了妈妈就没法安心上课了，这也是妈妈至今没有学会日语的原因了。

就这样工作了两个月，爸爸因为毕业扫尾工作回了上海，突然接到了首师大博士面试的通知。当时已经是上交材料的最后日期了，他之前觉得希望不大索性连网站信息都没有关注。爸爸打电话过来的时候已经是下午3点了，他问妈妈要不要过去交材料，妈妈肯定地说希望再小也得去试试。于是妈妈就出发去首师大帮爸爸交材料了。当时有一份材料需要打印，妈妈找遍了那所学校才找到一家很小打印店，不巧当天机器正好坏了，妈妈焦虑地等待机器修好，等到了4点15分，不巧店里的电脑又登不上网站了，爸爸的材料在网上，还没有下载到U盘。妈妈只好在附近堵学校的女生，让她们好心帮忙把邮箱里的材料放进U盘。但是首师大的女生宿舍外人不能进，很多女生不愿意帮忙。妈妈着急地寻找，终于托到了好心人。顺利打印好已经将近5点了，办公室的老师都快下班了，妈妈又谎称是爸爸表姐苦苦哀求。你爸爸的面试机会终于没有泡汤。

那一年妈妈读博二，爸爸也考上了博士。之后是爸爸妈妈在北京一起度过的两年，也是我们非常幸福的两年。当时我们还无数次地谈到你，说以后有个孩子小名就叫可乐。现在你果然在了。

爸爸和妈妈因为分隔两地，通信了三年，现在那些信件也都躺在一只小箱子里。这是属于我们两个人的"两地书"。我问过他，经历那么久的分隔，为什么能够一直坚持。他说："从一而终也是一种难能可贵的情感经历。"

亲爱的可乐，爸爸和妈妈现在也并不非常富裕，但我们无比地爱你，希望你来到我们身边时能够感觉到幸福和快乐！我们一家人的故事还很长，以后一起慢慢写。

讨厌的下雨天

| 2017.3.24 周五 |

今天大雨。雨天是我最不愿意出门的天气,通常的雨伞根本防不住雨。雨丝也常常是斜的,尤其是南方的蒙蒙细雨,那下得真叫一个啰唆和烦闷。你以为它停了,它还有;你以为它下着,但是满大街又只有你一个人傻傻打着伞,其他人似乎是在向你示威:这么点雨都打伞,你也太弱了吧!而且这些小雨丝根本没有规律,跟着风乱飘,360度无死角攻击,让人无法找到防御的准确位置,除非拿个金钟罩,否则回家还是一身薄薄的湿。如果雨大点呢,防守的目标倒是更加明确了,但是架不住你的小伞扛不住压力。"吧嗒"一声,你的右胳膊就被打湿了;"哗啦"一声,你的书包外侧也进水了。

更可恶的是,当你步履维艰,处处小心,左右防范,前后张罗时,你的脚还会踩进路面地砖没铺平所暗设的"水炸弹"里,那叫一个酸爽!雨停了呢,走过树底下简直是在抽盲盒,动不动就抽到"局部阵雨"。

华南地区三四月常有一种"回南天"现象,我们所处的临安位于浙西,湿度很高,每年暮春的景象完全不逊色于华南地区的"回南天"。你会感觉周遭的一切都被水汽"腌"入魂了。大雨小雨交替着下不说,湖面常常泛起一片大雾。迎风一吹,能见度基本为零。如果到了晚间,路况不十分明晰,有点灯火都显得鬼气森森的。这段时间东西也容易发霉,动辄就蒙上一层层薄薄的青色霉菌,它们仿佛在向人宣布:"此袋饼干已被我们占领!""此橘子已为我们所有!"

建小卡

| 2017.3.27 周一 |

以前不知道生产有那么多麻烦的事情，以为只要在家里躺满十个月，上天就会安排一个可爱的小宝宝出来跟父母举办见面握手会。没想到全然不是这样。

因为昨晚连夜孕吐，加上晨起孕吐反应明显，今晨你爸爸实在不忍心在7点叫醒妈妈，想取消今天的产检让妈妈好好睡一觉。还好妈妈凭借着强大的责任感醒来了。

我们今天很早到了街道医院，以为只要空腹抽个血就可以回家了。后来才知道为胎儿建小卡（即孕妇建立档案）是多么复杂的一项作业，需要检测大约十个项目，例如甲状腺、乙肝、血糖、风疹等。于是我们立马匆匆搭上出租车赶往临安人民医院。

这么一来，时间上便有些耽搁了，前面已经有了长长的队伍。因为要空腹体检，连水也不能喝，原本孕吐就很厉害的妈妈当场呕得两眼发白，尽管如此，我们还是得排着队拿着抽血的号码牌。待到妈妈的眼白面积越来越大，浩繁冗长的队伍终于即将结束。

正当妈妈兴致盎然抽完血后，才被告知还有一项晨尿需要检测，当然，得重新开始排队。幸好验尿处的队伍不是太长。每个人都拎着一小杯敞口的黄色液体在等待，当然也没有人敢在这里拥挤，一个不留神就是一场黄色的风暴。经历了一整场漫长的体检后，爸爸赶紧给妈妈喝了几口热水，妈妈的眼白面积才逐渐小下去。那些化验单子需要在7天内的不同时间领取，于是我们只好先回家去了。

刚开始妈妈是想给你奢华享受和至尊体验的，想给你安排到省妇女保健院去出生，在杭州市区迎接你人生中的第一缕阳光。但是经过了孕吐和各种验血验尿的崩溃，妈妈果断放弃了大城市的梦想，决定去离家近的临安人民医院。

等到检查结果出来，建小卡就算完成了。这是你人生中的第一份档案呀，恭喜你完成了！为了让你自己对人生有参与感和成就感，每个流程我们都会认真帮忙记录的。

重要的结尾

| 2017.3.30 周四 |

中午与你爸爸在外用餐,意外听到隔壁桌有一对家长带着孩子来找一位老师套交情,大约是孩子考研分数不够,想通点后路。真是一出绝妙好戏!

妈妈一直在旁边屏气凝神,仔细"偷听"。听到"老师人真好"的时候心头一紧,听到"哎呀大家都是一家人"的时候心头更紧,听到"一点心意不要见怪"的时候简直紧张到极点。但是无奈,由于妈妈过于紧张的时候总会不停吃东西,此时面前的面条已经连汤汁都没剩地被我吃完了。店里排队等待的顾客又非常多,妈妈找不到理由继续留在这里。然而,送礼的结局还没听到,这无论如何不能令人安心离去,妈妈只好又点了一份蛋糕。一会儿,蛋糕上来了,夹着服务员大声一喝"7号桌您的巧克力慕斯来啦",不偏不巧刚好盖过了隔壁桌那位老师说的一句话,那句话也不知是何等重要,竟让那家人离桌了。但离桌时他们带走了"礼物",面上也没有任何不悦。

就这样,妈妈今天过得非常遗憾,甚至在离开餐厅时由于"做贼心虚",被邻桌那位老师看了一眼,不小心跌下了台阶。还好爸爸眼疾手快地拉住了妈妈。

妈妈看书也一定想看完最后一页，如果留下几页没有读完，哪怕这本书资质平平，也是百爪挠心不能平静。而这顿午餐一共消费了近百元，只为了听到一个故事的结尾，却被服务员突如其来的一句话盖过了重要的一句话，人生大概就是如此吧。如果你是一个出色的小说家，将来必定能告诉妈妈那位老师说了些什么。凡是擅长写小说的作者，必定能勾勒精妙无比的结尾。

同日爸爸日记

我亲爱的老婆大人大概前世是古希腊掌管八卦故事的神。她没有一天不爱凑热闹的。商场有人吵架，她必定站在第一二排，还得帮忙告诉后面看热闹的是怎么回事。上课的时候但凡台下学生有点蛛丝马迹的乐子，她积极性比他们都高。

热血公交车

| 2017.3.31 周五 |

下午从老校区上课回来,我和爸爸坐7路公交车回家。快到创业大厦附近的时候,车上两位老阿姨急匆匆询问司机师傅是否可以在非站台下车,她们想转前面暂停的那辆384路公车。那辆384路车平均间隔需要一个小时,如果她们错过这班车,就得再多等一个小时,怕是赶不上回乡下老家了。

7路车司机很好心,立马给她们停车了。只见两个阿姨刚下车,前面那辆车就发动了,扬长而去。我们所有人都在心里惋惜了一声。

"快上来!"司机师傅喊道,车门随之打开。

两位阿姨听到后愣了一下,随即懂了。她们赶忙要再次投币。

"不用了!你们两个赶紧到车门口,待会儿我一停车,你们马上就下!"只听得"呼呼"两下,车子重新发动了。司机师傅一踩油门,对着前面那辆384路车就追了上去。

7路车和384路车有大概4站的共同路程,超过4站就无回天之力了。这下可把全车人的心都吊了起来!两位阿姨也从无法按时回家的焦虑转变成了7路车师傅能否获胜的紧张。

也不知道是不是感受到了后面车辆的压力,刚才还开得晃晃荡荡的384路车突然提速了。

"我们这辆车大,那辆小,抵不过人家灵活啊!"后排一位大叔叹道。

"是啊,人家占了体积小的优势!"另一位阿姨帮腔。

7路车内暂时形成了一个"追车共同体"。两车距离越来越近,终于一左一右赶到了红绿灯前。

眼看红灯过去,绿灯开始闪,9——8——7,前面那辆私家车还没开动,右侧的384路车却冲过去了。车上所有人都不禁失声叫道:"快开呀!"司机也用力按喇叭提醒前方。

6——5——4——

眼看着绿灯就要过去,那名私家车主终于开动了。7路车司机两下换挡,一个漂亮的后侧赶超,"嗖"的一下越过了私家车,接着又一段自然的加速,"唰"的一下又越过了384路车。要不是隔着好几扇玻璃,我大约能看到384路车师傅沮丧的样子了。

最后,7路车师傅见大势已定,稳稳停在两车的共同站台。

两位阿姨连连道谢。

"别谢了!赶紧去!"

车上所有的乘客目送着两位阿姨赶上384路车,齐齐鼓起掌来。

7路车师傅没露表情,继续发动,稳稳向前开去。

同日爸爸日记

当了爸爸之后,我希望这个世界变得更好一些,再好一些。等到我的孩子长大,他可以时时处处感受到善意和慈悲。

怀胎三月·破土

患得患失

| 2017.4.2 周日 |

今天外公外婆过来看我们。外公给我们添置了很多食物，你看，当父母的不论到多少岁，总是担忧着自己的儿女啊！尤其外公是属老鼠的，胆子格外小，担心的事情就更多了。比如妈妈读博的第二年想去台湾一所大学听个研讨会，但是你外公看新闻说台湾的阿里山发生了地震，说啥也不让我去。又如四川地震过，那就别去旅游了；云南发生过泥石流，也别过去了；甚至我们家乡本土有座老鹰山，因为几十年前发生过命案，你外公也不让我去。实在被我央求得烦了，你外公就带着棍子等一干防身工具过去了。我在前面闲庭信步地走，你外公在身后"鬼鬼祟祟"地跟。走不到50米，突然从旁边林子里传来了人声，你外公马上一个箭步冲到我身前挡住，抡起棍子随时待命。刚好走出来一个壮汉，看样子像是刚方便完。他看到你外公这副神情，又想起老鹰山曾经有过命案，当场吓得大喊大叫着离开了。就这样，你外公不光有安全意识，还能随时帮助路人市民加强安全防范意识。

昨日与你爸爸讨论了父母与子女的关系。得到的结论是，无论是多么优秀的父母，在他们孩子的眼中，此人不过是从小招呼他吃喝拉撒睡的大人，甚至是一个与自己时代脱节的老人。鲁迅那么伟大的作家，遇到儿子海婴也是毫无办法，天下家长都是一般呀！

反之也如是，无论一个孩子多么优秀，在他父母眼中也不过是一个毛孩子。如果一个科学家回家跟自己的母亲说自己刚刚发射了一枚火箭或是刚刚得到了国家最高领导人的接见和表彰，他的母亲也还是会说："很好，但你打算何时带一个对象来见我们呢？"

异地恋后我们开始写诗

| 2017.4.3 周一 |

清晨爸爸给我看了四首过去他在上海求学时写的诗，讲述了他想象中的一生四季。

（一）
四月，我们的感情渐深
谁也不理谁
在各自的房间忖度着
对方的心思

雨越下越大，越下越大
大到最后我们都牵了手
谁也不说话
都像是说了就会失去什么

（二）
夜色渐深
深及湖水
湖水里的灯
萤火般明灭

我们时而闭眼
时而睁开
远来的风
带着夏雨的气息

(三)

秋天的心

明净若枫

水流得缓

云走得慢

我们看山

仍是不语

回去的路

比来时还要漫长

(四)

井水变得温润

清晨皑皑白雪

竹子四季常青

落叶也悄无声息

我们烧汤洗脚

对坐着，脚碰脚

茫茫的雾气呵

你也慢些散去

爸爸说异地的时候适合写诗，共处的时候适合写散文。所以看徐志摩先生写那么多诗，也许是因为得不到吧！

那么，等你长大了，外出求学了，你会给我们写诗吗？

科技太发达了

| 2017.4.7 周五 |

今天上午我们去医院做 NT（颈后透明带扫描），你的各方面都非常健康，要继续加油哟！继上次的全面身体检查胜利告幕以来，妈妈尚未表扬过你。念你小小年纪就知道体察父母的忧虑，努力提升身体素质让各项检查完美落幕，实在不易。

通过 NT 检查来看，你顶臀长有 5.88 厘米。我们第一次看到了你的样子，两个小拳头护住了自己的眼睛，真是太萌啦！你爸爸顿时忘记了一天的辛劳。他不停地惊呼："哇，好可爱啊！"

检查的医生拿着凉丝丝的仪器在妈妈肚子上画来画去，不停解释道："这是他的一条大腿，这是另外一条。这是身体，这是头部。有些孩子配合好的会抬头，他低着头。"

爸爸激动得无与伦比，他看着屏幕上小小的你，差点就要落泪了。这是你们父子第一次见面，虽然你没有看到爸爸，但一定听到爸爸那句大声动情的话："现在的科技真是太发达了！竟然有这么先进的仪器！"

回家后，妈妈把 NT 的图片发给了外公外婆。外婆看到你小小的身影，当即在电话里感动得哭了，反复跟妈妈说："我们那时候多苦啊，天天担心，看看现在的技术，看个清清楚楚。科技发展真是太快了！"

外公看到更是情难自禁，不停感叹："现在的科技太发达了！这是用什么仪器检查的呀，怎么能把这么小的胎儿照得这么清晰啊？"

唉，原本妈妈还以为大家会为了你的存在而动容呢！不过现在妈妈也觉得科技发展真的很快！

虽然你有正常胎儿的应激反应，用自己的两个小拳头挡住了脸庞，但是爸爸就从你羞涩的那一瞬间断言你一定十分漂亮而聪明，可见家长们的爱都是不讲道理的啊！

3 读书笔记

两个倒霉蛋的故事
——读《山姆和大卫去挖洞》有感

　　《山姆和大卫去挖洞》讲的是两个好朋友山姆和大卫去挖洞找"了不起的东西"的故事。所谓的"了不起的东西",大概就是宝石了吧。可是这两个倒霉蛋,总是在最接近宝藏的时候转头离开。就这样,读者们目睹着他们一次又一次错过宝藏,并且错过的宝藏也越来越大。故事中两人还带了一只狗狗一起挖洞,每次狗狗都能找到正确的寻宝方向,可惜它不会说话。

　　故事到结尾,山姆和大卫在洞里睡着了,狗狗还在一直挖,因为距离地面不远处有根骨头。结果它意外挖穿了那个洞,导致山姆和大卫掉了下去,重新落到了地面上。他们站起身来,发现旁边刚好是他们的屋子,他们就进去喝茶休息了。

　　故事的结尾,画面中没有了人,只留下一猫一狗,狗狗愕然转身,猫猫神色复杂,意味深长地看着对方。

　　表面上看,这只是两个倒霉蛋的故事。跟所有的寻宝故事一样,主人公怀揣着满腔热情出发探险,历经磨难,可最终一无所得,顶多获得了一些人生道理。

　　且慢!好像有些不对!山姆和大卫最后进的屋子,好像变了。

扉页上蕴藏着秘密。那里才是两个小伙伴真正的家。真正的家门口种着一棵苹果树，新家却种了一棵梨树；真正的家屋顶插着一只风信鸡，新家屋顶插着的却是风信鸭；真正的家门口的猫咪脖子上的绑带是红色的，新家的却是淡蓝色的；真正的家放着一盆红色的花，新家的却是蓝花。

他们最终回到的地方，并不是自己的家。

这时候两位作者似乎在画页后露出了一丝狡黠的微笑。

"生活，可没那么简单！"他们似乎在说。

寻宝并不是这则故事的重点，"倒霉"才是。

那些硕大的宝石，正是我们内心最渴望的东西。随着我们越来越大，这些渴望也变得更大，所以最后一颗宝石的体积简直充满了整个跨页。那么大，差点得到了，但终究只是错过。山姆和大卫最后到达了新的屋子，这所新屋子就是原先的屋子变的。在山姆和大卫寻宝的过程中，一切都发生了改变。但这些似乎都不重要，重要的是他们吃到了牛奶和饼干。

这就是人生的真谛。作者在告诉大人们，人生大部分的时间里，我们都在徒劳无功地追逐着一些东西，但它们在孩子们眼中不值一提。我们终于恍然大悟，原来"了不起的东西"并不是那些宝石。孩子们早在一次次的错过中放下了它们。"了不起的东西"是热巧克力牛奶和动物饼干，是挖洞本身，是在生命中找寻纯粹的快乐，是那些没有意义但让我们一直坚持的事情。

④ 怀胎四月
婚 礼

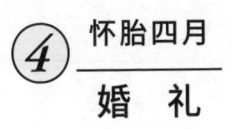

连让孩子吃个点心,父母都会在心里盘算:要吃那种天然、有营养、不会发胖,并且对大脑发育有好处的食物。事实上,这类食物是很难找到的。不!世界上根本就不存在这样的食物!

——[日]五味太郎《孩子没问题,大人有问题》

你老婆穿175

| 2017.4.13 周四 |

早上爸爸跟妈妈说了一件小事。因为妈妈的肚子日渐大了，普通的保暖衣裤穿不下了，于是那天他要帮我去买孕妇睡衣。到了女式内衣店的门口，他突然因为害羞止步不前，不停地徘徊给自己做心理建设。他的反常举动终于引起了店里老板的注意。

她走出来告诉他："这里是女式内衣店。"

爸爸于是很尴尬地说："我老婆怀孕了，我想给她买衣服。"接着拿出了一张记录着我身材数据的纸条。

那位老板很好心，马上帮他挑选好了。回到家里我一试穿，果然正合适。出于换洗的考虑，爸爸还想多买一套备用，于是他又出发去了那家女士内衣店。这次他仍然很害羞，连小纸条也忘记带了。

结果那位老板居然还记得他，直接走出来告诉他："你老婆穿175的就刚好！"

让我们为有这样爱我们的爸爸感到幸福，也为这个世上有像那位老板一样贴心的人感到温暖吧！在必要的时刻，我们也无妨给予他人一点善意和温暖，为他们开一盏方便的灯吧。

台灯博物馆

| 2017.4.15 周六 |

今天爸爸妈妈收到了第 4 个新婚礼物,是一盏台灯,现在家里已经有 5 盏灯了。儿童文学的从业者总被人叫作"点灯人",看来以后你也是小小"点灯人"了。

尽管收到了重复的新婚礼物,但对于每一个送礼物的朋友,爸爸妈妈都由衷地道谢了。"好漂亮的灯,家里正是需要这样一盏台灯。""礼物已收到,刚好是我们家中稀缺的台灯。""真是太感谢了,如果不是你送台灯来,我们怕是又要出去买,而出去买就无法遇到你这样好的眼光。""你一定想象不到,你送来的台灯刚好是我们最近家中急需的,感谢感谢。"每一个好心人都很开心,因为帮到了我们;我们也很开心,因为每个台灯的样子也都不同。等你稍微长大些,不仅可以点灯,还可以开个"台灯博物馆"哟!

土耳其作家帕慕克写过一个故事,叫《纯真博物馆》:有钱人家的少爷凯末尔喜欢上了一个贫穷的姑娘芙颂。两个人因为家庭背景悬殊,年龄也有很大差距,最后没有在一起。凯末尔觉得很遗憾,就把芙颂用过的甚至摸过的东西都收藏了起来,建造出了世界上独一无二的"纯真博物馆"。这里的所有物品都收藏着关于两个人纯真的感情。它们是钥匙、发卡、烟灰缸、笔、手帕、扇子以及一些奇奇怪怪的东西，比如4213个烟头。

要是用现代心理学的观点来看，凯末尔多少是有点"囤积症"在身上的。但他这么做也情有可原。我们国家有句古老美丽而又感伤的话——物是人非。它也可以是两句诗——年年岁岁花相似，岁岁年年人不同。说明这个世界的人事变得太快，只有物品还是原来的样子。因为我们相信人类的寿命有限，所以想留下生命力更强的东西，来证明自己曾经来过这个世界。妈妈给你写信，也是为了哪天你想我们时可以看看。

你太婆喜欢做菜，喜欢编篮子，喜欢把所有杂物堆在一起想着哪天能用上，所以她家里总是囤着一些匪夷所思的东西，比如各式各色的塑料袋，不同的纽扣，大小不一的罐子，各种长短的棍子以及各类碎布料。她也有一座属于自己的博物馆。这座博物馆里住着妈妈的童年。

但你爸爸囤的是另一类东西——他无论如何没丢掉过一碗米饭，除非是馊了，这也是他婚后发福的主要原因；一支过期一个月的皮炎平药膏，他都需要反复询问并和妈妈讨论无数次后才恋恋不舍地丢弃。他从小跟着自己的奶奶（也就是你的太奶奶）长大，祖孙俩有很深厚的感情，你太奶奶确诊癌症后，你爸爸害怕那一日会到来，自那之后，他把和你太奶奶的每一通电话都录了音存好。你太奶奶在去年过世了，整场葬礼，你爸爸哭得最伤心。他的电脑里有个文件夹，放着太奶奶的声音。也许他有一天能有勇气打开那个文件，再听听那些声音。

所有的博物馆里，都住着人们的思念。

关于你将来要学的乐器

| 2017.4.20 周四 |

我们有充分的理由相信,你是一个热爱音乐的孩子,因为每次妈妈孕吐的时候听歌都能够得到缓解。

为了能够让你在更好的音乐氛围中成长,爸爸买了整套古典胎教音乐的电子版给你听,哪怕知道你现在都没有形成耳朵。这套音乐真的很妙,我听了半首不到就要睡着。后来你爸看我兴致不高,就放了莫扎特的曲,提示我要在乐曲中想象你的样子——开怀的样子,皱眉的样子,贪吃的样子,酣睡的样子……有一次,妈妈发现爸爸一个人陶醉在胎教音乐中,问他为什么,他答:"我只有把自己教育好了,才能带给可乐好的音乐教育啊!"

在这样的环境中,我们去买了一架尤克里里。妈妈两个小时就学会了世界名曲《小星星》。这可把我激动坏了,觉得自己简直就是肖邦、舒伯特转世。在不久的将来,我也许就能带着你和我的小四弦琴,优雅地在草地上弹奏。我的指尖流淌出音乐,你则在一旁快乐地玩耍。我们母子两个一定美得像一幅画一样。

直到你爸把我弹奏《小星星》的视频录下来发给了我。一定是琴本身有问题,不然就是你爸爸的手机录音功能有问题,或者是我们家一定有一种隐秘的磁场干扰了我的音乐。我弹的一定不是那样难听的。

　　上次爸爸想建议你将来学钢琴，因为我们楼下有户人家的小孩子每日都弹琴。但待他得知学钢琴的费用后，他便建议你学吹口哨了。

爸爸妈妈的婚礼

| 2017.4.28 周五 |

今天是爸爸妈妈大喜的日子,你也一起见证了。

今天婚礼迎宾的时候妈妈还在孕吐,可能是因为礼服有些紧,也可能是因为妈妈有点累了。爸爸妈妈举办婚礼的酒店很热门,光是今天就有6对新婚夫妇。妈妈白天穿着婚纱,裙摆非常长,刚开始上厕所需要两个人一起帮我,这可苦了爸爸。婚礼快开始了,爸爸越来越忙,妈妈最后还是得拉着孔阿姨一起去厕所。孔阿姨真是一个好帮手,别的人需要花费很长时间才能把妈妈塞进厕所,她则不然,她总是能以最快的速度把所有的婚纱后摆卷成一个卷,然后连着妈妈一起哗啦一下塞进厕所。妈妈需要在里面花费很长时间才能像一只章鱼那样舒展开来。随着她动作越来越熟练,塞我的速度也越来越快,终于某次不小心把我塞错进了男厕所。

最后一次上厕所出来,已经接近婚宴开始的时间了。因为同一天办婚礼的新人太多了,我提着婚纱一通乱走,找不到自己婚礼的宴客厅。忽然听见有个穿制服的小哥大声地喊:"新娘子到了,新娘子到了,快开门!"他边喊边引导着妈妈和伴娘阿姨往前走。我想都没想就顺势走了过去,宴会厅的大门瞬间打开,乐声一下子响了起来。

你孔阿姨在后面大叫起来，指着门口的婚纱照喊："这不是你婚礼，你婚礼是下面那个！哈哈哈哈哈哈……"

我这才发现，于是慌不择路地开始跑。

爸爸妈妈在婚礼上的发言都是临场说的。妈妈说的是：

"当时我把正阳介绍给妈妈，她问我为什么不找一个一米八的男友，而找了一个一米七的男友。我说，当时我们是在图书馆坐着看书谈恋爱的，等到站起来的时候，已经来不及了。我的先生，勤劳、正直、善良，胆子小却肯为了我勇敢。而我呢？我只是长得漂亮而已啊！我与他订下了十年之约，一起努力考上了硕士和博士。现在，我们愿与在座诸位订下我们的一生之约，我们会白头偕老，我们会幸福恩爱。除了好好过日子，我想不到其他方法可以报答各位来到这里的深情和厚意。我们还会继续奋斗，我们要成为这个时代的见证者和记录者，我们要成为儿童文学领域的优秀学者，我们会一直为了自己的理想所努力，并且永远也不会放弃。"

爸爸也发言了，说自己要做一个好丈夫、好爸爸。他越说越激动，激动得哭了。你外婆本来就想哭，加上现场突然开始煽情，她更是哭得稀里哗啦。你外公虽然没哭，但有感于现场氛围，表情十分肃穆。妈妈为此很感动也很想笑，终于忍不住大笑起来。因而后来翻看合影，一行六人（两对父母和我们）只有我一个人在开心地笑，很像是我一个人逼婚成功的现场。

爸爸妈妈有很多的好朋友过来捧场，但是婚礼事情太烦琐了，我们没有来得及一一招待，觉得有些不好意思。以后你想结婚了，我们一定给你一个简单而有意义的婚礼。或者你们那时已经不兴办婚礼了，我和爸爸也一定支持你们的想法。

这场婚礼全程是由外婆一个人策划完成的，工作之辛苦可见一斑。她甚至还安排了 5 个保镖来维持现场的稳定，防止有人喝多酒闹事。好在婚礼最终非常圆满，其中一点体现在外公的兄弟姐妹们带走了很多酒宴上的酒菜，大姑婆更是开心地打包到一家一周都不用买菜了！

同日爸爸日记

　　今天的婚礼实在是太累了。我和你妈妈双双约定，今后打死也不再结婚了。

世界上最可怕的病——感冒

| 2017.4.30 周日 |

你外婆带着感冒还在坚持操持我们的婚礼，终于传染给了我。

我从小最害怕感冒，因为我一感冒就能得到一个"大礼包"：过敏、鼻炎、咳嗽，没个把月好不利索。作为一个老鼻炎患者，一到感冒时节，鼻水会滔滔不绝地淌下来，基本上半天就能用光一包250抽的纸巾。有时候鼻涕流到我都开始惊讶，觉得自己身体里怎么能储存这么多水分，这充分验证了贾宝玉说的"女儿是水做的骨肉"这句话。

最怕的还是感冒时去上课。声音变得又细又尖不说，学生还能看着我的鼻涕淌下来，别提有多尴尬了。同时我还极容易打喷嚏，一打就是一串。有一次连打了11个喷嚏，马上就把所有学生都震住了，他们还夸我人缘好，这么多人想着我。

我小时候看电视，问你外公："为什么电视剧里的人咳嗽两下就死了啊！"你外公头也不回："是啊，因为人一着凉就容易死，快把外套穿上。"就这样，我被你外公唬住了，认为感冒是万病之源，咳嗽是要命之病。偏偏我的体质极差，只要周围环境里有一个人感冒，我必定被传染上。于是我只好严防死守，拼命抵抗，穿衣服跟人错季。别人在夏季，我就在秋季；别人在秋季，我就在冬季；别人在冬季，我还在冬季。饶是如此，每年的流感季，我依然稳稳当当中招。

过去感冒就算了，但现在做妈妈后就更害怕生病了，尤其我还是易过敏体质。希望接下来的日子里妈妈能够扛过那些病，毕竟我们各自的人生中都不会再有这样一段时日使我们紧密相连。

爸爸的求婚

| 2017.5.1 周一 |

晚上小刘叔叔跟孔阿姨求婚了。他本来想走进家门就单膝跪地，结果一进家门发现孔阿姨在打电话，于是他进房间换了身衣服，出来后单膝跪地，孔阿姨问他干吗，他说求婚，然后拿出了钻戒。孔阿姨悠闲地喝着奶茶问钻戒多少钱，小刘叔叔说了一堆甜蜜的誓词，孔阿姨回答说："哎呀，这个钻戒盒子里有个闪耀的灯，显得钻戒非常大。"

爸爸也跟妈妈求婚过。那天爸爸一大早就来到了妈妈的宿舍楼下，穿一件印着"Would you marry me"的T恤。然后我们一起坐了好久的公交车，之后转了地铁，地铁出站后又打了出租车。由于不能提前泄密，爸爸特地带妈妈去到了距离目的地较远的一个地方。但司机师傅绕来绕去找不到路，干脆开到了一个马场。爸爸坚持让司机开到了原先的指定地点。下了车，周围一片荒芜。由于爸爸事先没有做过场地调查，所以到达时连他自己都惊讶了。走了两站地，我们才看到一个破旧小区，找到了那里唯一一家餐饮店，写着供应各类早餐。

吃完"早餐"，已经是下午5点了。妈妈又跟着爸爸摸索了半天，找回了刚才坐出租车经过的马场。爸爸欣喜地说："到啦！"

妈妈此刻简直快出离愤怒了，假如那个马场不是那么好看的话。因为妈妈从来没有到过一个马场，所以激动的心情冲散了恼火，兴冲冲地跟着顾客进了帐篷。没错，那个马场盖满了各式各样的漂亮大帐篷。最大的那个帐篷是舞台，与之毗邻的则是一个卖票和供应食品的帐篷。那时走了好久的路，刚刚的馄饨、饺子已经被消化完了，看演出又不能自带食品，只好在马场购买。

矿泉水，20元。

薯片，20元。

爸爸心疼地握着40元，买了一瓶矿泉水和一包薯片。他刚要打开水瓶盖子，妈妈就阻止了他。

"我自带了保温杯。20元的水啊，每一滴都要怀着感恩的心情喝完，怎么能用来简单地解渴呢？"

爸爸喝了一口保温杯里的水，又想打开薯片的包装。妈妈眼疾手快按住了他："20元一包的薯片，怎么能用来简单地充饥呢？"

我们就这样望着这40元的东西，熬到了表演开始。

这次表演的主题叫舞马，主打的是人马情缘。所有的表演者都是真正和马儿们生活了很长时间的人，他们不光有着出色的驯马技术，还和马儿有深厚的情感。演出一共分为上下场，每场开始时都有一群黑人表演者出来，他们用力敲击着小鼓，发出嘿嘿的节奏声，带动观众一起鼓掌打拍子。那一刻妈妈甚至都感觉自己在非洲草原呢！

接下来的是重头戏，满场都是金发的帅哥和美丽的姑娘，他们和马儿展开了一场又一场的故事。每个故事的表现手法各异，风格或激情或婉约。甚至还有马术表演师能够同时驾驭四匹马呢！更令人感动的是，演出过程中所有的音乐都是由一支乐队现场完成的。这支乐队是在大幕后面演出的，整整3个小时，他们都表现得非常卖力，现场的观众很多还以为是剧团放的音响效果。哪怕在不起眼的角落，他们也全情贡献了音乐的魅力。

整个晚上，妈妈的注意力都完全被吸引走了，满脑子都是金发碧眼的外国小伙子，到后面甚至都忘记你爸爸还坐在我身边了。演出结束，观众熙熙攘攘地离场时，爸爸突然在楼梯的拐弯处跟妈妈大声说了一句话。

这个时候舞台上的工作人员也说了一句话："我们的舞台后面是马厩，有兴趣参观的观众请往这边来。"

话音一落，妈妈赶紧往马厩方向跑，爸爸也激动地跟着跑。

跑到马厩门口，听说还要收费。我们只好带着40元的昂贵食品悻悻而返。刚刚的食品区隔壁正在售卖《舞马》这场演出的正版DVD，400多元，我们犹豫并且忧郁了一会儿，买下了。

回学校的路上，爸爸问妈妈刚才是不是同意了。

妈妈说自己本来就很确定会嫁给他的，根本不需要求婚。

后来爸爸妈妈就结婚了，但是跟那场演出没有关系，而是本来就确定对方是自己所爱的人。

而那个昂贵的正版DVD，因其正版，所以并不能在本国的DVD机上播放，需要解码，至今还在抽屉里落灰，成了名副其实的纪念品。

渔民的后代

| 2017.5.2 周二 |

今天中午我们在家里吃了生蚝，爸爸从来没有做过这道菜，想来也不会太难，便去菜市场买了六大个。

买回家后，那六个沾满泥沙的大家伙可让我们发愁了。首先是清洗，爸爸先用手把生蚝表壳上的海泥给洗了，冲出来一大盆乌黑的泥汤。

接下来是至关重要的一步：打开生蚝。我们没有经验，只好求助于网络。网络上介绍了三种开生蚝的方式，分别是"美式开法""法式开法"和"国际开法"。拥有文学博士学位的爸爸妈妈看着这些说明文字，久久地陷入了沉默。

一会儿，爸爸终于开口了："你看懂了吗？"

我摇头。"你呢？"

他摇头。

又是久久的沉默。

这次换我开口："你不是渔民的后代吗？"

爸爸反驳："可是我从来没打过鱼啊，没有实践哪里来的真知！"

"卖生蚝的老板是怎么说的？"

爸爸认真回忆了一番："他说回家拿刀一戳，啪的一声，很轻松就能打开。"

"看来诀窍是一把刀。"

爸爸认真地点头。

我们决定放弃那三种国际手法,拿出了家里最锋利的也是唯一一把水果刀。

"快用力戳!"妈妈着急地建议,俨然一个资深的生蚝开启者。

"戳不进去!"爸爸无奈摇头,因为第一步就失败了,所以我们没有听到那一声清脆的"啪"。

"不然我们换把剪刀吧?"妈妈继续建议。

爸爸又换了一把剪刀。不一会儿,我们听到了清脆的"啪"的一声,大喜过望,仔细寻找生蚝的开口,结果只找到了剪刀的缺口。

"完了,剪刀折了,这下损失可大了!"爸爸更沮丧了。

"没事,剪刀才5块钱,我们买生蚝比去店里至少省下了40块,这么一算,我们今天赚了35块。"妈妈骄傲地说,这下连爸爸的心情也受到了鼓舞。

我们经历了水果刀、剪刀以及菜刀的尝试。半个小时后,爸爸妈妈两个人用水果刀合力开了一个意志不够坚定的生蚝,这个小小的成功足够我们击掌欢呼五分钟了。然而,其余五个无论如何也不可能就范了,而且体形还长得颇有个性,一看就不是好相处的。

妈妈本来打算给这些生蚝放点音乐,用爱的力量感化它们,被焦头烂额的爸爸阻止了:"还是继续上网搜吧!"

美食不负有心人,妈妈终于找到了一个好方法,把生蚝带壳放进开水里煮,不久就能自己打开,并且用这种方式还能检验生蚝是否新鲜(不能在水里打开的生蚝不是好生蚝)。

爸爸赶紧烧好了一锅水,才煮了四五分钟,它们就全都打开了,并且有一个生蚝壳里还有一大一小两个生蚝呢!

异常美味的生蚝大餐最终做好了,爸爸只尝了一个,剩下的都留给了妈妈,因为妈妈肚子里有我们的可乐。爸爸觉得可乐能够吃到生蚝比自己吃到更加开心,于是他只是吃了点粉丝就高兴得不行。

"看来我果然是渔民的后代啊!从来没碰过的海鲜也能做得这么好吃呀!"

妈妈感觉怪怪的,疑惑地问:"你刚才不是说自己没打过鱼吗?"

爸爸环顾四周:"谁说的,我就是优秀的渔民的后代。以后这些大餐咱们就别去店里吃了,家里的多干净。你看看,又白又嫩,像牛奶一样……"

脐带绕颈

| 2017.5.4 周四 |

转眼间你就快 4 个月了，俨然一个大宝宝的架势，跟那些一两个月的小胎儿完全不同。现在的你有了意识，有了五官的雏形，或许还有一双大长腿。

今天是爸爸妈妈带着你去妇保院做中筛的日子。凌晨 5 点半，妈妈就在亢奋的心情中起床了。每一次孕检，对我们而言都是一次考试，甚至比考试更紧张。这次检查需要空腹，甚至不能喝水，妈妈在干渴中熬到了早晨 7 点，叫醒因为有着凉嫌疑而自愿隔离自己睡在隔壁的爸爸，冒着大雨打车去了妇保院。因为肚子饿得厉害，妈妈一度干呕了许久，于是恳求医生能够先开单子让我们去验血。但是妇保院的手续实在太冗长了，先来了一个护士慢悠悠地替每个孕妇量血压，然后看了一眼我们的单子问："之前在我们医院做过检查吗？"结果当然是没有，于是临时又加了一场 B 超。妈妈已经饿得头晕眼花，苦笑着问能不能先开单子验血，被否决了。这次 B 超花费了颇久的时间，各项症状良好，但检测出来你脐带绕颈一周，呈 U 字形，不过医生说这跟你戴着项链的道理是一样的，让我们不必太担心。

因为脐带事件，妈妈有些闷闷不乐，爸爸之后一直劝妈妈不要忧虑，说"这都多大个事啊"。但其实他也非常担心，因为妈妈发现爸爸又悄悄翻阅了十多篇关于胎儿脐带绕颈的文章。当家长总是容易过分焦虑，尽管我们明白脐带绕颈是非常正常的现象，但内心总忍不住，总觉得你的小脖子正被勒住一样，害得妈妈如今走路都异常小心谨慎。所以可乐一定要体谅爸爸妈妈，快点把那串项链脱下来吧！

　　回到家后，妈妈跟外婆说了你的情况，外婆为了安慰妈妈，告诉我说妈妈在她肚子里的时候也脐带绕颈过，后来自己绕出来了。然而爸爸坚信30年前镇上的医院还没有B超。在我们的反复追问下，外婆终于松口说是为了安慰我们。虽然是谎言，却是家长深刻的爱啊！

烟火气

| 2017.5.5 周五 |

自从妈妈怀孕以来，家庭中的主要矛盾就在于妈妈日益增长的美食需求同爸爸落后的烹饪水平之间的矛盾。于是你爸爸就从普通的厨艺菜鸟进阶成了颇具想象和创意的厨艺菜鸟。

他学会的第一个菜是炒番茄。再后来，他陆续学会了番茄意大利面、番茄鸡蛋面、番茄炸酱面以及番茄腊肠腊肉炒面。今天他开拓创新，炒了一盘番茄鸡蛋猪肝意大利面，他炒完自己尝了一口，脸就变成猪肝色了。还有一次他做蛋炒饭，打了两个鸡蛋，怕是坏的，于是又打了四个用来作为参照物。没过多久，厨房里就整整齐齐排满了一群破壳的生鸡蛋。

爸爸说，倘若你是男孩，就教会你做菜；倘若是女孩，也教会你做菜，但你嫁人后到婆家千万要谎称自己什么都不会。可见在这世上当女儿还是有一番好处的。

前几天我们去商场吃饭，点了一盘水煮鱼、一份田园炒菜和一份超级奢华的"欧式风格培根蛋炒饭"。结果，水煮鱼是成坨的，田园炒菜是淡的，我们瞬间把希望寄托在那份价值47元的炒饭上，但事实却是——原来"奢华"就是指盘子很大，"欧式"就是指加点洋葱，"培根"就是指2.5元一根的火腿肠粒，只有蛋和饭是货真价实的。这些食材荟萃到一起后,那种平淡又扎实的口感迅速包裹住了妈妈的味蕾,妈妈马上把盘子移到爸爸面前,用爱的名义"绑架"他吃完。

妈妈发现这盘炒饭远远不如爸爸炒的,这说明爸爸最近的厨艺已经到了多么可怕的程度啊!

同日爸爸日记

今天突发奇想:番茄鸡蛋面那么好吃,猪肝面也那么好吃,两者放在一起煮会不会更好吃?于是花了两个小时筹划准备,打算给老婆一个惊喜。但结果还是花了五秒钟倒掉,给老婆一份安宁。

4 读书笔记

爱吃东西会交好运
——读《好饿的毛毛虫》有感

如果要选一本给新生儿准备的初见书,我一定会毫不犹豫地选择艾瑞·卡尔的《好饿的毛毛虫》。整本书展现了样式繁多的美食,因而很受孩子们的喜欢。作品运用了丰富的高饱和度色彩,画面鲜亮美丽,水果和零食令人心动不已。

这本书讲了一个非常简单又有趣的故事。一只毛毛虫出生了,它有点饿,需要找一些东西来吃。星期一它吃了1个苹果,星期二它吃了2个梨,星期三它吃了3个李子,星期四它吃了4个草莓,星期五它吃了5个橘子。

这时候如果我们合上书页,问一下对面的读者:"你猜猜星期六毛毛虫吃了什么?"

相信很多人会说:"吃了6个桃子!""吃了6个山竹!""吃了6个柠檬!"

不论如何,我们会把答案集中在"6个"上。

但在卡尔笔下,星期六的毛毛虫,吃了1块巧克力蛋糕,1个冰激凌蛋筒,1条腌黄瓜,1块奶酪,1截火腿,1根棒棒糖,1块樱桃派,1条香肠,1个纸杯蛋糕,还有1片西瓜——整整10样,其中绝大部分还是垃圾食品。爱讲道理的家长们可能会在这个时候皱眉了。

吃撑了的毛毛虫果然肚子疼起来。还好第二天它又吃了一片可爱的绿叶，这才好了一点。吃饱喝足的毛毛虫变大变胖了，它给自己造了一个屋子，叫作"茧"。在小屋子里待了两个多星期后，毛毛虫啃出了一个洞。"毛毛虫变成了一只漂亮的蝴蝶。"

这本书的主题就是"吃"。吃是所有孩子的头等大事。卡尔让毛毛虫经历了一次吃的盛宴，吃的狂欢。它吃得毫无顾忌，乐得心满意足。哪怕受到了一点点肚子疼的小折磨，但很快又有了变成蝴蝶这样的大好事。可以说，这是一个关于"吃即是正义"的有趣故事。

我们或许不记得童年做过的算术，背过的课文，但我们一定记得小时候吃过的好东西。有人翻山越岭也要去找一揉就烂的树莓，有人忍着刺挠也要去啃歪嘴的桑葚，因为"舌尖上的童年"里，有最纯粹的味道记忆。

如果读完这本书，孩子们想吃东西了，不妨买一样。毕竟爱吃东西的孩子总会交到好运的。

⑤ 怀胎五月
感 恩

对自己的孩子来说,你基本上从来都不酷。

——[英]尼尔·盖曼《尼尔·盖曼随笔集》

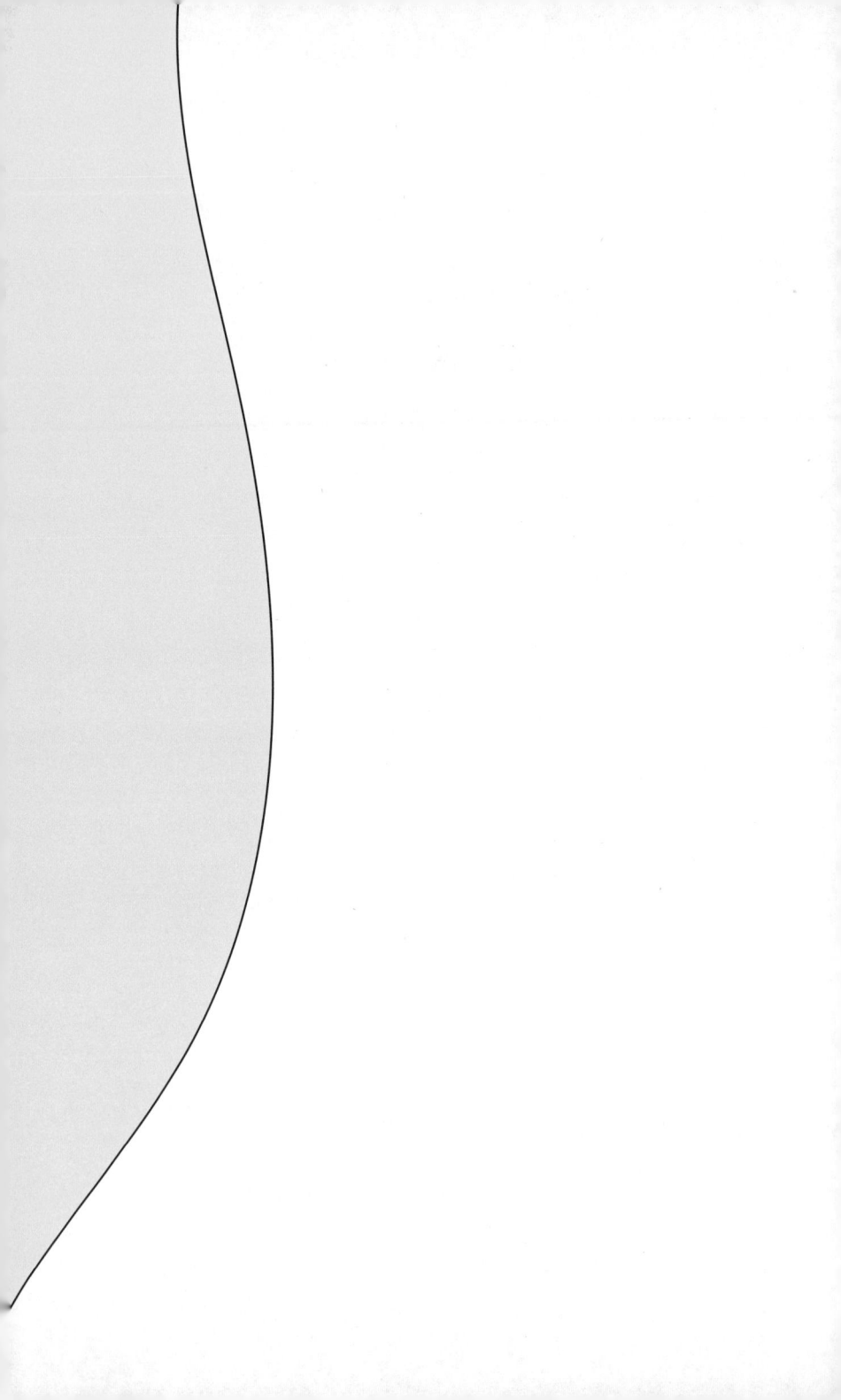

大整理

| 2017.5.14 周日 |

最近累得感冒的爸爸又开始例行打扫卫生了。当他把家里楼上楼下都深度清理了一遍后,妈妈告诉他昨天外公外婆刚刚帮忙打扫过。爸爸非常淡然地回答说他在此基础上发现了许多卫生死角。说实话这些死角妈妈永远也发现不了。

待到爸爸精疲力尽之时,妈妈正坐在书桌前看书。突然,妈妈感受到了一股灼热的目光,那目光是如此有穿透力以至于妈妈瞬间就感受到了,那是爸爸在盯着妈妈的书桌看。一般爸爸出现这种亢奋而又灼热的目光时,妈妈就知道有事不妙了。

"你没发现你的书桌太乱了吗?"

"没有!绝对没有!"妈妈坚定地摇头。

"我们一起来收拾桌子吧,不然你东西都找不到!"

"没关系,我这是乱中有序!"妈妈更加坚定地昂起了头颅,宛如一个不屈的战士。

五分钟后,"不屈的战士"被镇压了。爸爸突然拿出了十多个文件夹,让妈妈据此认真整理书桌上的各种资料。

当妈妈手忙脚乱地把那些文件夹装满后,爸爸又踱着方步出现了,他趁着妈妈一不留神,突然就打开了一个抽屉,上百张纸飞出来。

"怎么这个抽屉里还有这么多东西？"

"那是学生作业！""不屈的战士"回答。

爸爸锐利的眼神就像一个绞肉机："你把这些作业根据班级、学科、时间分类好，这是夹子、订书机、胶水。"紧接着只听得"啪"一声，他又甩出了几个文件夹。

"不屈的战士"的心理防线彻底崩溃了，只好苦大仇深地开始整理，爸爸在一旁负责装订。

"等等，你这叠整理的讲义里怎么有其他科目的讲义？"

"差不多先放在一起算了。"妈妈企图蒙混过关。

"怎么能乱放呢？"于是爸爸又甩出了一个文件夹。

妈妈顿时目瞪口呆："俄国有个故事叫《装在套子里的人》，这些文件装在夹子里都在哭泣啊，大声叫嚷着'放我们出去，我们要自由'！"

爸爸突然一拍脑门说："你看，你刚把俄国文学的跟中国文学的都混在一起了！这摞文件夹里的内容你重新整理一遍！"

妈妈此刻真是万念俱灰，早知道不提什么万恶的俄国了。

经历了一个小时，妈妈终于在一堆灰尘中完成了整理工作。爸爸机关枪般的目光再次开始扫射，妈妈犹如二战中的犹太人遇到了希特勒。

倏忽间爸爸一个侧身，噙着热泪的妈妈看到他又从衣服堆后翻出了一沓稿纸，接着是废弃枕头的下方，图书的夹层中间……一沓又一沓的稿纸被他翻了出来。

"老婆，咱们家里究竟还藏了多少稿纸啊？"

这下妈妈也哑口无言了，只能瘫坐在椅子上，心想晚上就别睡了,又开始了新一轮的整理。

终于,我们在夜间 10 点之前整理完了书桌。现在妈妈的书桌上空无一物,干净利落,谁见了都不会再知道这曾经是一张书桌。大部分的整理是爸爸完成的,他细心给每个类别贴好了标签,这样妈妈以后找资料就方便了。让我们为感冒仍坚持工作的爸爸鼓掌。

爸爸这么爱干净,完全得益于奶奶的教育。奶奶是我见过最爱干净的人了,她不论冬夏,每天都坚持洗澡和打扫卫生。她能迅速发现每一个卫生死角并攻克它。某天清晨她几乎清洗了整个家,还把多年未洗的窗帘和纱窗也一锅端了。等她清洗完毕,便开始扫视四周,寻找新的作战地点。当时妈妈非常忐忑,因为这栋房子里唯一还没有被洗过的大概就只有我了。果然你奶奶发现了我,把我的外衣外裤都扒下来洗,让我躺床上盖着被子看书学习。

同日爸爸日记

我是妈妈的"物品咨询师",她每天都对我发出灵魂咨询:"咦,我的保温杯在哪里啊?""《百年孤独》怎么找不到了?""我那个备课的文件夹没了!糟糕!""天啊!我眼镜没了!""我手机呢?我手机呢?"

我每次都要清晰准确地帮她找到所有东西,包括把她的眼镜从鼻梁上取下来,再把她手上拿着的手机重新放回她手里。唉,整理真是门大学问啊!

拔智齿

| 2017.5.16 周二 |

你外公前几天拔了一颗陈年智齿。自此之后,他人生中最大的事情便是这一件了。你外婆倾诉婚礼的筹备多么艰辛,你外公就会兴致勃勃地插话进来说:"可不是嘛!这就好比我前段时间拔牙,我吓得双腿发抖呀!就感到有个锯子在里面锯我的神经,那种苦楚啊……"

说到生孩子很疼,外公的目光又亮了起来:"可不是嘛,这就好比我那次拔牙,麻药不能够完全解决。拔出来我这么一看,你们晓得嘛,那颗牙的根基处已经烂出一个清晰的洞眼来了!"

我们只好停下来表示同情。我们一直听说备孕前要拔智齿,因而妈妈很早就将四颗智齿给拔了,你爸闻后也积极地跟着拔了。拔完后大家才知道,所谓的备孕拔智齿只需要女性拔就可以了。

我的第一颗智齿是在金华拔的,挂了一个主任大夫的号,结果当天她太忙,找的学生助理帮我拔。不知出了什么纰漏,牙根没拔干净,肿了两个星期又重新清理了一次,中间遭受了极大的痛苦。

后来我就不迷信专家医生了,回老家诸暨找了一个认识的医生,那叫一个年轻有为,英俊帅气。他迎接的是我的一颗横生牙,整颗牙没在牙床里,顶住了一颗咀嚼齿。他的治疗方案是把牙床轻微切开，然后将牙齿切成三块，分批取出，再缝针。方案很完美，但切割牙齿时，仪器突然出故障了。于是我就开着一张血流如注的嘴巴等了半个多小时。最终仪器被修好，医生重新开始切牙齿。

"啊！"我发出了惊天动地的一声，因为麻药退了。

第三次我去到了北京首屈一指的三甲医院，这次只花了五分钟就结束了。但因牙龈还有点疼，拔牙结束后我去医院门口买饭时，就把要点的餐写在纸条上。老板想也没想，就在纸条上回复我：卖完了。说完，她遗憾地看了我一眼，朝旁边说："挺好一姑娘，可惜是个哑巴。"

你的动静

| 2017.5.17 周三 |

今日的一件大事是我傍晚睡觉的时候意外在脐带处探得了你的动静，当时你爸爸正在换厨房的灯。妈妈耐脏乱差的能力很强，并且对生活起居的要求不高，如果爸爸不把灯泡换了的话，妈妈可以忍受到家里所有灯都坏了为止。

"正阳……"我在卧室大叫。

"什么……"爸爸在遥远的地方更加大声地应答。因为爸爸听力不是特别好，这导致他以为别人也跟自己一样听不到声音，说话嗓门变得格外大。

"正阳，我好像感受到……"这句话太长妈妈一口气喊不完，"可乐在动了……"

"什么……"那头的声音震来，"我在换灯泡……"

"可乐在动了！"

"我在换灯泡！"

"在动……"

"灯泡……"

"我感受到可乐在动！""我把灯泡换好了！"我们就这么各说各的。他终于匆匆走了进来，左手还握着那只换下来的脏灯泡，此刻两个人喜悦的程度居然是差不多的。

"我刚才用手探到可乐在动了!"我说。

"什么?真的吗?"爸爸终于切换对了频道,"我上网看看……哎呀!这上边说现在胎动是正常的。"他也跟着激动了起来,"我摸摸看。"蓦地他又反应过来,把手放在裤腿上用力地擦着。一会儿,一只中间刚刚擦热、边角还有些凉意的手放在了妈妈的肚脐眼处。"我摸到了,孩子在动。咦?怎么动得有点快,你说孩子是不是太小还不知道要怎么动啊?"

妈妈翻了个白眼,对上爸爸殷切的目光以及另一只手上还一直握着的旧灯泡:"你这样的理解力我甚是担心可乐小朋友将来的功课啊!"

"我再摸摸。"他继续搓热了手。(你爸爸以前在妈妈肚子疼的时候也这样搓热了手给我暖过,这样谨慎的爸爸很可爱。)

"看来昨天给你们喝的椰子汁有效果呢!今天我又买了50克的开心果给我们可乐宝宝,你每天乐得这么开心,他想来也是个开朗爱笑的孩子。不过开心果不能多吃啊,网上说建议每日不超过50克,50克是几粒呢?"见妈妈不回答,他又自顾自说下去,"那得买个刻度精准的小秤回家呢!"

"我猜50克开心果应该有50粒。"

"咱们还是保险点好,今天吃30粒吧。不,再保险点,20粒。"

"折中下,25粒。"不用感激妈妈多为你争取了5粒。

后来你爸爸监督着妈妈数了25粒开心果出来。

漏洞百出

| 2017.5.22 周一 |

你在一天天地长大,爸爸妈妈很为你骄傲。为了更好地胎教,爸爸决定每天给你读一个绘本故事。

昨晚读了《小蛇散步》的故事。因为妈妈太害怕蛇了,所以让爸爸把故事主人公改成小泥鳅。

"接下来,小泥鳅遇到了一个水坑,它不知道应该怎么办,"爸爸深情地念着故事,"等等,泥鳅会水,咱可乐会混乱的,还是得说小蛇。"

"可是小蛇我怕啊!"

"那我讲快点。"

"不然这样,这个故事里的小蛇有个名字叫小泥鳅吧!"

爸爸全身的细胞都在反抗,但还是答应了。

"小泥鳅突然想到了办法,它把自己的身体拱成了一座小桥。这时,有小动物想求它帮忙让它们过河……"

"等等,为什么小泥鳅不从水坑旁边走过去啊,只是个水坑,这个故事逻辑有漏洞啊!应该至少改成一个水沟,这样才能变成桥过去啊!"妈妈提出了有力的反驳。

"你还别说,这里真的有问题。好吧,先搁置争议,我继续讲完:等到小动物们都过去了,这时突然又跑出来几个大家伙,有一头狼,一只狮子和一头大象,它们也想借着小泥鳅的拱桥过水坑……"

"这更加不对了,就小泥鳅的体格,等到狼踩过去就全身粉碎性骨折了。"

"你先别插话,也许作者另有深意。小泥鳅帮助了许多朋友后,自己过了水坑,继续去散步了。"

"还有为什么大象连个水坑都过不了啊,小泥鳅的长度摊开才到大象双腿间距的几分之一啊!"

"对啊!"爸爸终于反应过来了,"这个故事确实有漏洞啊!"

同日爸爸日记

我们每天为可乐精心选择睡前读物,希望他出世后也能跟着我们一起安静地读书。等到了周末,全家可以一起去图书馆。

哭

| 2017.5.28 周日 |

今天我们来聊聊哭吧！可能昨晚你不明原因心情不好，连带妈妈在深夜突然哭了，妈妈甚至都不知道为何而哭。

在妈妈童年的记忆中，始终记得你太婆的一次哭。妈妈年幼时住在太婆家，跟着她经历了许多事。

有回你太婆带着我上山去挖番薯，刨竹笋。我们刚回到家，一进门就双双退了出来，因为家中几乎是被洗劫一空：所有值钱不值钱的东西，悉数被搬走。路线如此熟悉，且不波及街坊邻居，可见是熟人有备而来。此事至今是个悬案。当时农村没有监控，口说无凭。你太婆没哭，静静看了一周，吐出一句："罪过！"然后她牵着我的手，继续洗菜做饭。

好不容易将家里的家具重新置办了一些，太婆情绪刚刚有所缓和，却在上山劳作时意外发现整片竹林的笋都被人偷完了。不光是刚刚冒芽头的，甚至于多棵竹子的根部也都被完全砍断。做坏事的人大有一种毁灭殆尽的冲动。

那天的太婆看到这一幕，脸上毫无表情。她检查了一棵，又一棵，上百棵竹子，几乎没有幸免。她提着一个大竹篮子，牵着妈妈的手，下了山，径直走到了村头。然后是妈妈一辈子都没有忘记的经历。你的太婆开始大哭，边哭边骂，边骂边唱，哭声歌声呜咽而上，直冲上各家炊烟袅袅的房顶。

"都是一个村的，谁做的自己心里清楚……老天菩萨在看，谁这么缺德……几百棵竹子，没有一根好的……都被哪个天杀的给砍了！一个笋都不给我留……我天天上山啊……你们的良心呢……老天菩萨会看……没有人能逃得过……"

太婆越哭越伤心，最后骂声几乎听不见了。她带着我，从村头走到村尾，又从村尾走回村头，如是反复，直到有人把外公给找来，把她劝回了家。那天是我第一次在太婆家只吃了泡饭当晚餐。那场哭简直就是民间文化的直接显示。一个无权无势的农村妇女，遭遇了一场对庄稼人的羞辱，她唯一的发泄、唯一的公道，只在那哭声里了。

妈妈后来长大了，但是太婆的哭声和骂声，这么多年没有从我的脑子里消去。这是一个警告，一个嘲笑，一个久久不散的响亮耳光。

太婆哭骂完的第二天，仍然下地干活了。自然界对于我们的农人始终富有同情心。那个冬天，竹子们并没有成片死去，活下来了很大一部分。竹笋在第二年的时候，还是熙熙攘攘地冒了出来，并且在之后那么多年的岁月里，再也没有抛弃过它的主人。我想，这是对于一个农妇最好的馈赠和安慰了。现在回想起来，心疼当年你太婆所承受的一切，而于她，生活也早已是不悲不喜了的。

过端午

| 2017.5.30 周二 |

今天是端午节,爸爸跟我讲了他老家过节的习俗。在乐清,端午、中秋和除夕一样重要,一大家子都要在一起吃大餐。到了节日那一天,小孩子们脖子上都挂着一个线编的小袋子,里面装着一个熟鸡蛋。孩子们常常三五成群,将脖子上的鸡蛋甩来甩去,名曰"斗蛋",看谁的鸡蛋先碎谁便输了。

相比之下,妈妈老家诸暨的端午就普通多了,一家人只是围在一起吃顿饭,然后一起包粽子,煮粽子。妈妈到现在还记得小时候在你太婆家闻到的粽叶香味呢!而乐清的粽子还特意用草木灰烹制,这样粽子就带有草木的清香了,是不是听到就馋呢?把草木灰煮好的粽子挂在屋檐下,可以放置很久呢!

妈妈昔日在金华念书时,在外租了一间小小的房间住,一年端午,看到那位不好相与的房东太太带来一束艾草插在门把手上,觉得很新奇。那位房东太太虽然对妈妈百般刁难,却也促成了爸爸妈妈第一次无意中牵手呢!妈妈正是在无奈下搬离了这位房东的地盘,住到了爸爸的楼下。有天晚上和你爸爸一同从图书馆回到住所,不巧遇到了那位房东,不想多生事端便匆匆逃走,逃离现场时不小心抓了爸爸的手,妈妈当时以为那是车把子。后来爸爸在某一天告诉我那时抓的是他的手,不禁有些美好的遐想。

今日,妈妈还想到了白娘子和许仙的故事,便问爸爸如果我是一位蛇妖女士并且在端午现形了怎么办。他答说没关系,就是在家里游来游去的时候注意不要毁坏家具即可。这样的想象真有点浪漫。如果妈妈是白娘子,一定也会为了许仙去水漫金山吧。

结 课

| 2017.5.31 周三 |

今天上午语文教学研究这门课结束了，可以稍微轻松一些了。但之前妈妈记错了时间，误以为上周结课，把"山高水长后会有期"这样的煽情祝福语都送给了学生，下课后才发现还有一次课，真是尴尬。虽然才工作一年不到，但妈妈出过的洋相比人家十多年加起来还要多。不过，虽然妈妈经常有些小错误，但从来没有犯过相同的错误，从这一点上说是不是也是可以谅解呢？

孕期上课实在是太累了，尤其周四上午下午都有课，还要往返于两个校区，实属不易。每次妈妈上完课，就会累得瘫坐在空荡荡的教室里，好像一只老河蚌静静地在水里吐着沙子。那时候的教室就会变成一个巨大的鱼缸，还有很多小鱼儿游过我的身边呢！

当然上课也会遇到很有意思的事情。有一次上课，我点名提问到了一个旁听的男生，他说是慕名而来，然而妈妈知道肯定是陪着女友来上课的。

今天，妈妈告诉学生们，课程结束了，大家师生一场，可以就此相忘了！虽然这听上去很奇怪，却是妈妈的真实想法。人要成长，就得学会"忘记"过去的老师和朋友。

你的儿童节礼物

| 2017.6.1 周四 |

今天是国际儿童节,我们可乐过得怎么样呢?明天你就满20周了。爸爸原本为你买的六一节礼物前几天到货了,是一套布书。可能是卖家秀滤镜开太大了,真实的礼物风格太诡异了,主要是封面配色太过花花绿绿。妈妈看了之后不小心说了实话,并且在网上看到了好多更漂亮的宝宝书,害得爸爸郁闷了好久。几个小时过去了,妈妈看到爸爸仍是闷闷不乐地坐在书桌前,不禁有些愧疚,就说:"你别太自责,可乐也许会喜欢的,毕竟是爸爸送给他的第一份礼物啊!"

谁知道爸爸听完更加沮丧了:"如果可乐喜欢这份礼物,那我就更难过了,这说明咱们孩子审美水平不高啊!"

接着他又陷入了久久的沉思。

妈妈实在看不过去了:"这套书也没有那么差,咱们是专业的所以难免要求苛刻,一般的人家会觉得做工很棒啊,又是正版。反正买也买了,还能怎么办,难不成还能送出去啊?"

这时爸爸突然一拍脑门,惊喜地说道:"那咱们就给送出去吧!"

于是,明天你一岁的表哥虫虫就要拥有这套颜色异常鲜艳的新书了。在爸爸决定送走礼物的当下,你可能是感受到了什么,踢了妈妈一脚。

后来妈妈给你重新买了一套立体布书，叫《丛林尾巴》，你可以认识很多的丛林动物和它们的尾巴。爸爸则重新给你买了一套《小淘气尼古拉》的全集，他说先帮你看看，等你再长大点再一起阅读。你会喜欢吗？

5 读书笔记

生命是一次漫长告别
——读《再见了，艾玛奶奶》有感

我们该怎么让孩子们理解死亡呢？

这或许取决于我们怎么让孩子感知生命。不知生，焉知死？

死亡对于孩子们来说是一个抽象的概念。死亡是不可逆的，死亡是生命的终结。凡此种种，都需要一个具体的事例。

就让我们带着这样的疑问走进这本《再见了，艾玛奶奶》吧！

作者是日本的大塚敦子，她采取了摄影作品集的形式来记录一次告别。这本书是以一只猫咪的口吻叙述的，它叫思达，八岁了，主人是艾玛奶奶。艾玛奶奶生了重病，这是她和猫咪在一起的最后一年。

艾玛奶奶的一生，简单又平凡。85岁的她，童年是在大草原的农场里度过的，婚后生了5个女儿，一直工作到65岁。艾玛奶奶想要"快乐地生活到最后一刻"。她还像往常一样社交，修剪花草，出门时依然精心化妆。

忽然有一天，艾玛奶奶倒下了，她只能躺在床上。这次生病让她的身体恶化，每周都需要输血，艾玛奶奶也变得更加憔悴。她说："我希望能安静地走。"生命，正在从她体内一丝丝溜走。

艾玛奶奶的家人们分别从不同的地方赶来，与她告别。有人忧伤，有人从容。

"过去那些失败呀，痛苦呀，现在都变成了甜美的回忆。"

艾玛奶奶逐渐站不起来了，也无法顺利进食。日渐消瘦的她终于走到了那一天。她给每个家人都留下了一封信。某个安静的傍晚，艾玛奶奶静静地停止了呼吸。家人们按照奶奶生前的心愿，将她的骨灰撒进大海。

最后，所有的家人聚在艾玛奶奶的院子里，一起回忆她的故事。

这本书将一个人的衰老和死亡呈现得很具体。在照片中，我们能看到艾玛奶奶骨瘦如柴的身体，看到她瘦削的脸庞，还有失去生机的双手，颤颤巍巍的姿态。

当我们一次又一次地走进这本书时，我们学会了告别。

离开游乐场时，要说一声"再见"；跟朋友分开各自回家时，要说一声"再见"；结束一段关系时，要说一声"再见"；生命中的所有相遇，在短暂或长期分别时，都要说一声"再见"。

"再见"过后，尽管有不舍，纵然有失落，我们还是坚强勇敢地向前走去。这对于一个小小的孩子来说，是非常重要的。他们要完成自己人生中一次又一次艰难的告别。

死亡不是终结，遗忘才是。

死亡只是一场漫长的新生。

⑥ 怀胎六月

计 划

　　我注意到我儿子现在对付我的手段，很像我小时候对付自己的父亲。儿子总是不断地学会如何更有效地去对付父亲，让父亲越来越感到自己无可奈何；让父亲意识到自己的胜利其实是短暂的，而失败才是持久的；儿子瓦解父亲惩罚的过程，其实也在瓦解着父亲的权威。人生就像是战争，即便父子之间也同样如此。当儿子长大成人时，父子之战才有可能结束。不过另一场战争开始了，当上了父亲的儿子将会去品尝作为父亲的不断失败，而且是漫长的失败。

　　　　　　　　　　——余华《没有一种生活是可惜的》

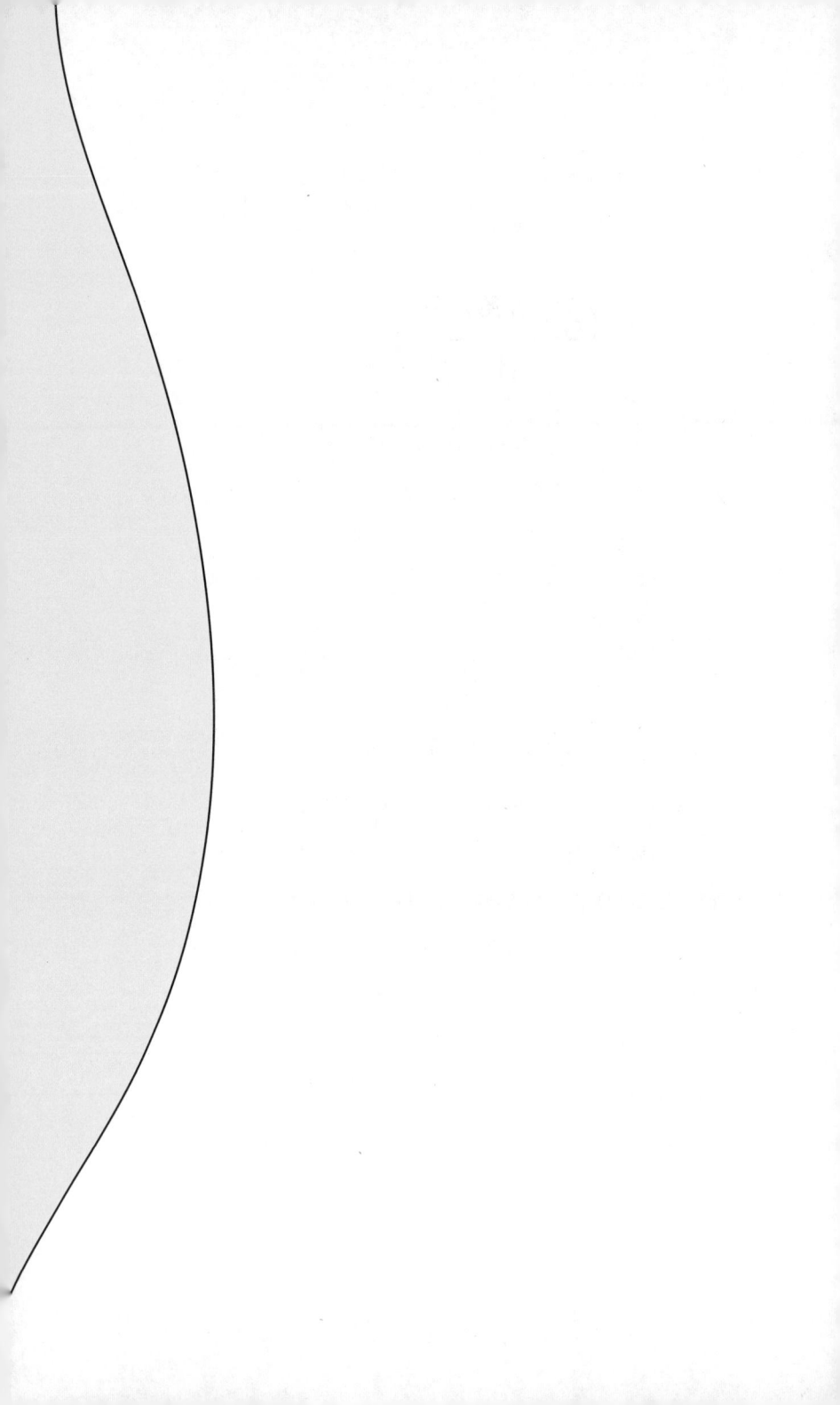

验血记

| 2017.6.6 周二 |

一大早爸爸妈妈就带你来临安人民医院做每月一次的产检了。今天的项目只有开普勒心跳、血常规和尿检。血检的队伍比较长,妈妈拿到号时前面还有117个人。轮到的医生刚好也是队伍里脾气最差的,爸妈都被他冷峻的目光扫射了,而且,他还扎错了针。鉴于他面相太过冷酷,妈妈还是决定不作声了。

在验血队伍里有许多小朋友,他们云淡风轻地走进来,撕心裂肺哭着被抱出去,我们看了都觉得很有趣。有几个年纪小的宝宝虽然还没轮到,但看到医生就开始哭了,大概是有感于其他孩子所营造的悲伤的氛围吧。所以之后再有宝宝欢欢喜喜进门的时候,我们都会彼此交换一下眼色,意思是:小朋友,你大概还不知道你将要面临的是什么吧!有个五六岁的胖嘟嘟的小哥哥也来抽血,我们以为高个子的他会很勇敢,没想到他只是挣扎和哭闹的动静比其他块头小的孩子更大而已。他的妈妈吓唬他说再哭就再扎一针,他愤怒地开始跟自己的妈妈对打。能生出高个子宝宝的妈妈注定也不是等闲之辈,她的个头可比自己的孩子高多了,于是二话不说拎着斗败的那位小哥哥出去了。小可乐,以后你可不要随便就跟爸妈起争执哟,以上这个故事会告诉你这样并不明智。

血检结果是妈妈贫血了,怪不得我上周五上课的时候突然眼前一片模糊而倒地了呢!

上午结束时医生说要妈妈补充铁剂,妈妈没听清,于是下午只好再打车去了一次医院。我们不禁开始担心你会遗传妈妈吊儿郎当的性格和丢三落四的品质。

同日爸爸日记

看到医院里熙熙攘攘吵闹着的孩子,也在幻想着自己的孩子会长成什么样:会是个漂亮的小闺女,还是个调皮的臭小子呢?

盲目的爱

| 2017.6.11 周日 |

先前听说你太婆跟着村里一群老头老太去了金华和苏州旅游，很诧异她为何总是拒绝跟我们一起出游，后来经爸爸解释了才恍然大悟：人喜欢跟自己的同辈出行，原因是底子相同，没有太大的失落感。假设你太婆跟着我们出行，必然害怕我们这群文化人对她的冲击，例如我们能用手机导航寻找路线，还能随时找到热门餐馆，她在这个团体中的价值只能体现在问我们"饿不饿""渴不渴"之类的问题上。而跟着村中同伴则效果截然不同：在一群没有文化的老头老太中必然显示出了她的优越性。遇到大家惊讶于大城市的车水马龙时，你太婆必能以"轻描淡写"的姿态说出她曾经见过比这大的；遇到他人不会拍照手忙脚乱之时，她也必能"云淡风轻"地说出自己是照过很多相片的；再遇到不认识的风景名胜时，她也总能"恰到好处"地提到自己的外孙女和外孙女婿都曾在大城市生活过很多年啥都知道，接着"漫不经心"地点出这俩孩子都是博士，最后加上一句"这也没什么了不起的"。

台湾作家林良先生在他的散文集《小太阳》中曾经提到父母对孩子不可过分展现优越感，假如孩子同你说了一件极微小的成绩，也要当作他是第一个踏上月球那般隆重的事件来展开喜悦的庆祝。

只知道一味地以自己过去的习惯和经验说一句"那没有什么",孩子便对你丧失了一种期待。久而久之,你们之间相互的认同感便不那么强了。

爸爸说你一定是一个有天赋的孩子,我问他是怎么看出来的,他说:"因为是自己的孩子,总是觉得会很好。"他曾担心你日后成为一个摇滚歌手,觉得圈子有些乱。但我知道,若你真的成了,他便会拉着横幅去到你演唱会的前排。你看,做父母的,总是这样盲目却自得。

这道理套用到长辈身上也是成立的。在妈妈小的时候,也觉得父母是万能的。后来渐渐长大了,发现你外公外婆只是平凡却有趣的人,依旧为他们感到骄傲。做长辈的其实很怕自己的后代看轻了自己,所以我和你爸爸总是尽最大的可能来让爷爷奶奶和外公外婆得到尊重。你也不必担心父母将自己的理想寄托在你身上,因为我们会自己努力去实现,你在这世上总有自己的路要走。

亲爱的可乐,假若有一天,你发现你自己的爸爸妈妈原来只是人世间极为普通的一对小夫妻,而并不再是你的超级偶像之时,请一定要同我们委婉地沟通,而不是粗暴地说一句"你们过时了"。我们终将会过时,终将会老去,但在那个遥远的结果到来前,要知道,我们曾经为了怀胎满一个月而积极庆祝,为了第一次胎动而喜悦万分,每日晚上隔着肚子为你讲故事,在B超单子里看到你一个模糊的身影就激动不已,坚信你是这世上最棒的孩子。我们曾盲目地深爱你,请在日后也为我们盲目一次吧!

育儿派

| 2017.6.16 周五 |

晚上同你小姨讨论育儿常识,妈妈是理论派,小姨是"听说派"。妈妈说话时会这样:"你看过《崔玉涛图解家庭育儿》吗?上面说新生儿出生30分钟内最好喂次奶,但刚生产完不一定有奶啊!""你看过《海蒂怀孕大百科》吗?""你看过《西尔斯亲密育儿法》吗?"……而小姨说话会这样:"我大姑子说刚出生要先用差一点的尿不湿,以后用什么都不会红屁股。""我同事推荐的尿不湿牌子有这几个……""我同学说德国和新西兰的奶源好!""我学生家长说这款尿不湿虽然好但是假冒伪劣的很多啊!"……

同样在育儿方面,你奶奶是经验派。"你大姐出生的时候是这样的……""怀你二姐的时候是那样的……""我怀老三的时候吃的都是……""你大姐怀二胎的时候没有用这个……"

你外婆则是"听风就是雨派",任何的经验和帖子都会令她激动不已。假设今天同她谈论到了婴儿睡袋,明日她必定会网购两个到家。所以妈妈轻易不敢同外婆交流任何具体细节,怕你将来行李太多。

在工作与育儿的关系上,不同家长也是有不同派别的。很多妈妈需要很艰难地平衡家庭与事业,这对于刚生产完的妈妈尤其残酷。不过我们在这方面相对乐观,可算是"稳定陪伴派"。首先经济上,妈妈工作稳定;爸爸虽然尚未工作,但每个月有补助,于他自己生活应该是足够的;另外,你外公外婆帮我们极大地减轻了生活负担,其中最大的经济支持还得属买这套房——房子刚买了半年多,此地房价就涨了一倍,如果按原定计划三年后购房,那么可能得多浪费一百多万了。所以妈妈是感激命运的。

其次是精神上的,妈妈相信自己和爸爸会是一对有耐心的家长。妈妈的单位离家很近,来回很方便。爸爸如果去了高校工作,弹性的时间可能也会比其他行业要多。而且,奶奶也会留在家里照顾你呢!

生产陪护大会

| 2017.6.17 周六 |

今天外公外婆带着太公太婆一起来看你,特意庆祝明天的父亲节和太公过去不久的八十大寿,所以今天有三位妈妈和三位爸爸在一起哟!

最让妈妈感到骄傲的是,今天你第一次把小拳头拱出了肚皮的表面,妈妈收到你第一次跟这个世界打招呼的信息了。

大家今天讨论到了关于生产陪护的问题,妈妈认为有三个大人(爸爸,妈妈,奶奶)足够了,但是外婆的方针是把全家都叫上,太婆也非常认同这一点。

"你想想,那天情况多紧急,光是跑来跑去人手就不够啊!"外婆担忧地建议。

"也不需要什么人手啊,把手续办好,其他有孩子爸爸和奶奶商量就行了。"

"你想想看你出生的时候你外公、外婆、爷爷、奶奶都在,再加上你爸爸,你姑姑们和你小叔……这么多人都忙不过来呢!"外婆更加担忧地建议。

"是啊,你出生后由于清洗不及时后背还发炎了,整整脱了一层皮啊!"太婆痛心地加入了谈话。

"你们那么多人还不是没能照顾好一个婴儿,所以人数不在多在精。"

"可不敢这么说啊!你想想看,递东西得一个人吧,带饭得一个人吧,清洗得一个人吧,全程跟踪孩子得一个人吧……"外婆简直是出离愤怒。

"等等,为什么还需要一个人跟踪孩子?"

"那当然啦,我们家宝宝生出来肯定很聪明很漂亮,谁看了不眼红啊,万一有偷孩子的呢!"外婆越说越激动。

"确实有这个可能,咱们得做个记号。"太婆再次兴奋地加入。

"大医院都会绑个号码牌的吧!"爸爸和外公无奈异口同声地说。

"那不一样,号码牌可以换的。"外婆很确信这一点。

"那不然咬个牙齿印?"妈妈也开始建议。

"不然学电视剧,胳膊上给孩子磕破块皮?再拍个照确认。"外公也兴奋起来。

"孩子还小,禁不起这么折腾啊!"爸爸小声说道。

"所以嘛,就应该找个人专门追踪啊,万一护士抱走我们宝宝,随便塞回来一个怎么办?"外婆慷慨激昂地站起来。最后她赢得了当天负责监视护士和婴儿行踪的任务,并且是唯一指定人选。

我爸在打我时击中了校长

| 2017.6.22 周四 |

妈妈今天批改完两百份作业,刚好许多学生提到了童年挨打这个话题。过去农村打孩子司空见惯,说是"棍棒底下出孝子",还有"阴天打孩子,闲着也是闲着"。他们深信"打"对一个人的教训是异常深刻的。这种教育方式简单粗暴,孩子们敢怒不敢言。妈妈自己挨过打,知道滋味不好受,所以决定以后不以体罚作为对你的教育方式。爸爸也深信这点。挨打的孩子们很多时候并不知道错在哪里,只是单纯害怕家长的威势。挨打多了会让孩子自卑,甚至为了逃避惩罚而撒谎。

你爸爸和姑姑的"主打人"是奶奶,她打起孩子来"雨露均沾",实行连坐制,一人不乖,三人挨打。后来姑姑们出门上学,家里只留下你爸可以挨打。每次她满村喊你爸大名,他就哆嗦得不行,回去路上一路告饶也无济于事。这样打着打着,到了你爸爸上初中的前一天,奶奶突然对他说:"明天开始你长大了,不打你了。"奶奶说到做到,真的没再打过你爸。

妈妈则一直挨打到中考结束。当时我们住在教师家属区,每次我远远见到你外公目露凶光就知道大事不妙,但我敢跑。刚开始我跑得慢,轻而易举就被追到了,追到后就打得更凶。可你外公近视越来越严重,终于到了 800 多度,还带有高度散光,我从百米开外发现他要打我时就开始跑。渐渐地他追不上我了。后来我中考体育 800 米考试跑进了 3 分钟,是满分,这事跟我惜命多少分不开。

我不光跑得快,还懂得审时度势,比如你外公最后一次打我,是在教职工暑期旅游的轮船上,我想也没想就跑向了校长那桌。

"严老师,消消气,消消气!"校长把我塞在身后。你外公当时打红了眼,持续出击。经过我灵活的闪避,顺利让校长也挨了打。

从那一天起,我再也没挨过打了。

感谢伟大的校长!

一起慢慢长大

| 2017.6.23 周五 |

今天妈妈同朋友讨论了产后护理的问题。请月嫂全家相对轻松,但妈妈也发现了月嫂育儿的一个弊端,那就是新生儿对于周遭是有秩序感的,月嫂的到来建立了孩子最初对于世界和成人的一种认知,因而当月嫂离开后,孩子们通常都无法和家中其他大人有效地磨合。为了不造成我们亲子关系的疏离,妈妈和爸爸决定不管多累都要亲自带你。

爸爸和妈妈讨论这些问题的时候也想到了自己的童年。妈妈童年最深刻的回忆总是出现在自己的外公外婆(也就是你太公太婆)家。记得某天夜里你太公在帮我削一把木头的玩具手枪。我看着他苍老的面容突然意识到某天他可能会去世,这种对于亲人死亡和离开的恐惧深深侵袭了我,于是五六岁的我突然放声大哭。当时太公问我为什么哭,我不好意思说真实的原因是害怕他死去,只好说自己想父母了。于是他大晚上带着我赶去一户人家家里给父母打电话,但是拿到电话我并不知道说什么。另一次也是如此,太公那时没有得肺结核和心脏病,每天还能抽烟喝酒,出去做砖瓦泥水匠。他某天晚上喝老酒时跟我说自己一天可以挣35块钱,一天吃几斤米,剩下的钱可以给我和我的外婆用。我那时也突然感到悲伤,觉得自己在剥削一个老人家，于是又开始大哭。亲爱的可乐，因为妈妈成长过程中有这样的恐惧，不希望你再经历。妈妈会让奶奶和外婆帮忙照顾你，但也会承担起主要的责任，帮你建立良好的安全感。祖父母毕竟不能代替父母来行使养育的职责。

爸爸也有同感，他是被自己的奶奶（你的太奶奶）养大的，所以对她的依恋也特别深。当去年太奶奶过世时，爸爸哭得不知所措。爸爸一直知道太奶奶要走，所以他每次回老家都要每日看望她，问候她吃饭睡觉，近几年来与太奶奶的通话也统统都录了音。从这一点品质来说，爸爸真是非常值得我们敬重的。也许将来在你心目中爸爸只是一个普通的会给你做饭陪你玩耍的人，但在妈妈看来他是重情重义而有责任感的英雄，是可乐和妈妈的专属英雄。

你爷爷出事那一年，爸爸不小心看到了他的日记，那里面记着有段时间爸爸不爱理他让他很伤心的往事。爸爸已经完全不记得那段时间，看到爷爷的日记后突然觉得很愧疚，因为爷爷从来也不在人前表露出来。他们父子就这样互相沉默过了很多年。后来爸爸看到另一位作家所写，那人说最害怕打开父亲留下的手提箱，害怕认识到一个完全陌生的父亲。

我和你爸爸现在也不敢说完全理解和认识了自己的父母，并且也做好了将来被你冷落和误解的准备。你在成长过程中必然有一段时间会"抛弃"我们，觉得我们过时了。这是你和我们各自成长所必须付出的代价。然而我们也相信，未来终究有一天你会重新认识我们，那时不管有多远，我们也是欣慰的。我们不妨提前定个暗号，待到那时，就互相说一声：吃了吗？

让我们一起慢慢长大吧！

当我监考时我在想什么

| 2017.6.26 周一 |

今天下午妈妈监考,考试时间为两个小时。监考是妈妈觉得最漫长又最无奈的工作。这项工作不能说话,不能看书,不能玩手机,不能干坐着,不能随意走动,只能纯粹地看一群人答题。有些监考老师实在忍不住,会抢着去帮缺考学生填写单子来换取多坐一会儿,或者用意念在现场做完了整套"八段锦"。其中一个老教师特别有趣,监考过去半小时后,只见他整个人稳稳杵在了教室背后的墙边,双目微闭,双手略微抖动直至松弛,慢慢到达"老僧入定"的状态。经过10多分钟后,他居然站着睡着了!

你爸爸比较厉害,他帮忙监考过四六级,竟然凭借着对比真人和准考证上模糊的照片,抓住了好多替考和作弊的,真是厉害!妈妈监考过机考,由于考试比较简单,计算机全程监控,总体来说只需要核验有没有替考就行。这可难倒了脸盲的妈妈。妈妈发现一个瘦瘦的考生身份证却是一个大胖子,立马把他扭送到巡考老师那里。经过再三排查发现这个人只是减肥成功瘦了一百多斤。

如果有人反复打量监考老师,那么大概率是在为作弊打基础。有次监考,其中一个男生一直在偷瞄别人试卷。但他过于心虚,每次偷瞄前就反复咬手指甲,一场考试下来,十个手指甲都被啃得干干净净。我忍不住反复在他身边走动"示威",结果他丝毫不为所动。另一个老师看不下去,跟着我一起来回走动。终于,旁边一个男生投诉我俩影响他考试。

监考是一个修行的过程。

刚开始5分钟,我一般在想待会儿结束吃什么,监考费能领到多少。

10分钟后,我开始思考我的人生:我是谁?我在哪儿?

15分钟后,我的耐心已经到达顶点,只好把所有学生的三证(准考证、身份证、学生证)重新查验两遍,发现很多孩子的身份证照片确实拍得不够好看。

20分钟后,我的双腿通常酸得立不住了,偷偷在椅子背上靠会儿,只要有任何一个学生抬头,或是嗅到巡考老师的蛛丝马迹,我立马把背挺直开始热情洋溢地巡视。

到了30分钟,我开始默默祈祷学生提前交卷,假意提醒一句:"大家注意考试时间,做完的同学可以交卷啦!"此时会站起来第一个交卷的同学,事了拂衣去,深藏身与名。但如果这时我去查看试卷,就会恨不得把他逮回来重考。

45分钟后,双腿渐渐失去了知觉。

50分钟后,窗外的一切都显得那么好玩。

55分钟后,我感觉手机已经收到至少987条未读消息。

1小时后,我突然神志清明:已经过去一半啦!

1小时5分后,觉得离上次打起精神已经过去了一个世纪!

1小时10分后,我已经回顾完了自己的前半生,开始思考人生的意义是什么,宇宙的尽头在哪里。

1小时15分后,学生开始陆陆续续地交卷。当然总有几个学生,谁交卷都要抬头看一眼,然后着急忙慌继续答。我只要一过去,他们就像含羞草一样盖住自己的答案。

1小时20分后,三三两两的学生交卷离开,还有人在教室外面高声对答案,我需要出去"嘘"一声。

1小时45分后,我提醒全体学生距离考试结束还有15分钟,实则暗示大家:快走啊!外面的花花世界在等着你们!

1小时50分后,考场里还剩下两个人没有交卷,一个在苦思冥想做最后的挣扎,另一个在等他考完去吃饭。

1小时55分后,其中一个人出到教室外面等最后一个人。而最后剩下的那个学生,似乎也没有动笔,而是在干等着铃声响起。

时间来到了最后1分钟,我和最后一个学生四目相对,我知道他再也答不上来了,他知道我一直走不了。我们就这样互相凝视着,成为对方的深渊。时间一分一秒地流逝,我俩周围的一切都开始模糊,周围的世界开始远去,我们进入了另一个平行空间。五千年的文明画卷在我们眼前交替闪现,宇宙大爆炸的图景变得清晰可见。

这时传来一声致命的响声,那是考试结束的铃声。我们终于得到了救赎。

监考,可太无聊了啊!

望子成龙

| 2017.6.28 周三 |

最近,妈妈的社交平台都被"天才宝宝们"攻占了:有个宝宝会笑了,她妈妈激动得热泪盈眶;有个宝宝会抬头了,她父母觉得整个世界都亮了;有个宝宝能颤颤巍巍把一个瓶子放进垃圾桶里,他爸爸恨不得给他颁发"诺贝尔生态环保奖"……

这些孩子现在只要会笑会动就能取悦父母了,而在不久之后,他们就需要靠双百、班级第一、年级第一才能让父母开颜了。之前你外公外婆对妈妈的期望也不甚高,但当妈妈中考上了全市最好中学的分数线时,他们就期望我能够去北大清华了,为此妈妈还真的在这两所高校间徘徊过,直到个人精神成熟后才醒悟。后来妈妈读研读博,外公就希望我能当上国防部部长了。(我国国防有幸躲过了这一劫。)

"这一切都太夸张了,"爸爸非常淡定地说,"我对可乐的要求就很简单。"

"是什么?"

"我希望他健康就好,"爸爸思忖了下,"当然在健康的基础上聪明些就更好。"一小段沉默过后,"善良应该排在聪明之前,聪明用在坏地方可不好。对了,聪明之外能够好看些的话就非常完美了。当然啦，我说的聪明不光是学业上，最好能够拥有一些才艺傍身，你看周杰伦不是从小学钢琴嘛，我们可乐也可以业余时间学一点。书法是必需的，我们两个字都不好看，孩子不能吃亏在这上面。画画也好，开发多元智能嘛，可以先从素描学起。如果是闺女可以再学个舞蹈，有气质。当然不论男女从小必须送去学武，强身健体。至于外语这些都随意，方言可以学两门。阅读嘛，我们从小抓起就好。还有你看现在的那种闪电心算，有兴趣也可以看看。"

过了几分钟，他又想起什么："还有游泳！游泳已经是国民基本技能了，听说清华大学本科生游泳挂了不给毕业。万一我们可乐上了清华卡在游泳这块可不好。其实我对孩子的要求真的不多。"

我质问他："口口声声说要给孩子自由，不给压力，为啥说清华？"

你爸一身凛然正气地答道："当然要给可乐自由啊，在清华学哪个专业都可以。"真是一位开明而不给人压力的爸爸啊！

妈妈飞快地帮你记录了下，你爸爸对你非常基础的要求大抵有：健康，善良，聪明，好看，才艺多（主要包含钢琴、书法、绘画、舞蹈、武术、游泳、语言、阅读、速算）。是不是很简单？你看爸爸对你要求真的不多。

妈妈对你的要求更少，只希望你平安出生，然后，做到爸爸的要求即可。

医生，那真的是我孩子吗？

|2017.6.30 周五|

可乐，恭喜你满六个月啦！

今天我们来做四维彩超，它能够清晰地呈现腹中胎儿的实时景象。我们发现你已经很聪明地从脐带里绕出来啦，并且发育得超快！

在检查过程中，医生不断暗示我们："你们这孩子很性感啊！"我见过夸孩子健康的、漂亮的、聪明的，但从未听到用"性感"来评价孩子的，尤其是一个胎儿。

正当我把这种疑惑告诉医生时，他摆摆手，说："我说的是孩子嘴唇厚，嘴唇厚可不就是性感嘛！"好吧，恭喜你获得来自外公的祖传厚唇，不得不说有些基因真的很强势，绵延三代人。

检查的过程让我们特别煎熬，因为医生说话断断续续的："你们宝宝有一只手，嗯，可以确定有手指头，但并不能够确定数量……"爸爸的心跳漏了半拍。"哦，这是你们宝宝另一只手。"爸爸松了一口气，继续凝视显示器屏幕，"孩子有两条腿，看看脚掌，脚掌有长在上面。"爸爸当时甚至想为你开一瓶红酒庆祝你顺利长出了脚掌，"嗯，这边，你们看，一个，两个，确定有两个肾。"妈妈内心也开始欢呼，"再看孩子的心脏，心脏在……"这里停滞的一秒钟大概在爸妈心中走了一年，"这里，找到了！"怎么可能有比你更优秀的宝宝!"肺——嗯,有的。还有……"

等到所有检查完毕,爸爸还沉浸在你是个正常人类的巨大喜悦中。他热泪盈眶地指着屏幕问了医生一句:"医生,那真的是我的孩子吗?我真的有一个孩子了吗?"

医生思考了片刻,郑重回答:"那可说不准,这得问你老婆。"

同日爸爸日记

可乐,你小小身体里的基因们是像打牌一样,爸爸出一个妈妈出一个的吗?你正面像爸爸,侧面却长得像妈妈,真是太神奇了!

6 读书笔记

我是谁？
——读《我不知道我是谁》有感

达利 B 不知道自己是谁：一只猴子，一只树袋熊，还是一头豪猪？同样地，它不确定应该住在哪里：是像蝙蝠一样倒挂在山洞，还是像鸟儿一样栖在树上，抑或是像蜘蛛一样停靠在网上？自然，它同样不知道应该吃什么：吃鱼，吃土豆，还是吃虫子呢？达利 B 想了很多方法找答案，可一无所获。

日子就这样一天天过去了，直到大家喊起来：洁西 D 来了！

所有的朋友都四散奔逃，拼命呼号。只有达利 B 一脸无所谓，悠闲地啃着橡子。有着细长身子和尖利牙齿的洁西 D 一下就瞄中了它。达利 B 不但不害怕，还冲着对方挥手。它有数不清的问题要问：你是谁？你又住在哪里？你喜欢吃什么？

洁西 D 耐心地回答着达利 B 这个话痨："我是黄鼠狼。""我住在树林里最黑暗的角落。""我吃兔子！像你一样的兔子！"

说话间，洁西 D 亮出了发着寒光的牙齿猛扑过去，达利 B 想也没想，用它的超级大脚把洁西 D 踢飞到了树林的远方。

死里逃生的达利 B 顾不上害怕，因为它震惊于自己的身世，原来在洁西 D 眼中，它是一只兔子！正在这个时候，无数只兔子从地洞里钻出来，它们为达利B勇敢的行为高呼："你是一个英雄！"

可达利B又重新陷入了疑惑：我是兔子，还是英雄？

这个故事叫《我不知道我是谁》，是英国作家乔恩·布莱克和德国画家阿克塞尔·舍夫勒合作创作的。

找寻自我，是人生的重要命题。父母教给孩子的第一件事，就是称呼。称呼对应的就是"我是谁"的问题。

一岁半以前的孩子只有通过反复演习才能把镜子里的影像和自己联系起来，这就是拉康所说的"镜像阶段"。可以说，孩子们的人生第一课，就是要知道"我是谁"。

达利B想通过外形、住所以及饮食喜好来确认自己是谁，它同样也用这三个维度来确认洁西D的身份。与达利B的惶惑不同，洁西D有着明确的自我定位和自我认知，它甚至还能用同样的思维定义他人，告诉对方"你是一只兔子"。

我们会发现，洁西D更像一个大人，它用外貌、职业以及能力等外在条件去衡量他人。而达利B是儿童的思维，它不知道它是谁。当它是兔子时，它被界定为软弱的，被欺凌的，就像其他兔子一样，在遇到命中注定的强敌时需要退避三舍；当它是英雄时，它被认为是勇敢的，可反抗的，它用天赋的神力，扭转了宿命中的失败。

达利B没有被他人轻易定义。因而我们看到一只兔子击败了天敌黄鼠狼，一个孩子战胜了大人。软弱不再是注定，失败也不再是注定，这个世界可以被重新定义。那一脚踢出了随心和随喜。

或许在另一个清晨，达利B还可以成为一只鸟儿，一只松鼠，或一只獾……因为它不再是轻易被定义的，它便可以是世间万物。

⑦ 怀胎七月
成 熟

我相信,只要我自己努力奋斗,孩子看到这样的我就不会学坏。

——[日]岛田洋七《佐贺的超级阿嬷 冬天时要感谢夏天》

送 礼

| 2017.7.1 周六 |

四天前，你啤酒表哥发动了。你鸽子小姨的分娩过程十分艰辛，先是阵痛了一个白天加两个夜晚，终于开始开宫口。一开始她准备顺产，忍着阵痛坚持了4个多小时，终于宫门开到了十指宽。结果医生突然告知她是"前枕位"，得紧急剖宫产。可以说，你小姨既体验了顺产的十级阵痛，又体验了剖宫产的手术疼痛。因而她醒来后第一时间没有感受到为人母的喜悦和艰辛，而是大骂了一个多小时。

可乐，希望你自己能够机灵点，到时候妈妈一说"可乐，我们开始吧"，你就拼命往外钻。

我们初来乍到，无人相识，想着去医院结交一个有经验的产科医生，方便做生产咨询。然而我们并不知道如何跟一个医生打上交道。

我说："不如送点水果吧，买个大果篮？"

你爸说："医院那么多人，送礼影响多不好！"

我又说："那你说送什么？"

你爸说："不然送点钱。"

我再说："你疯啦！现在医生哪儿敢直接收钱啊！"

你爸试探着说："不然你把钱放在病历卡里夹着？"

我沉默不语。

他继续建议:"不然你送本你写的书给医生,里面夹点钱?"

我无言以对。

忽然他灵光一现:"有了,不然弄个二维码,你让医生扫一下就能拿到钱。"

妈妈觉得我们全家连带医生都会被抓进去。

最后,你爸说:"干脆这样,既然送钱不合适,不如你问医生借点钱,说不好好给咱接生就不还钱。"

亲爱的可乐,希望你的智商可以遗传妈妈多一点啊!

脐带血

| 2017. 7. 5 周三 |

今天我们带你去医院开糖尿病筛查的单子，方便明日一大早过去验血。妈妈第一次挂了专家号，生生等到了中午。专家号每个都需要普通号两倍多的时间，我是32号，等到十一点多，才叫到19号。

前面有几个号问诊之拖沓，几乎都让妈妈怀疑人生。因为问诊区走廊男士禁止入内，你爸等在大厅。我只好去跟他会合："你说那19号刚都看什么呢？也太久了，她是直接生在门诊室了吗？"

"你得这么想，人家好不容易见回专家，心情不得跟你第一次见博导一样，那肯定得多问几个问题啊，你进去肯定也想问啊！"

"不不不，就算是为了造福后面排队的人，我绝对一分钟就出来。"

"别啊，好不容易排到专家号。你先列个表，至少十个问题，咱们一次性把它问透。"说完，你爸开始找出手机备忘录疯狂输入，"比如说啊，你看孩子出生脐带血要不要保存？"

"你们有意向替宝宝保管脐带血吗？"不远处负责脐带血宣传的护士闻声赶忙过来。

我当时由于等号等得万念俱灰，直接把护士当成了推销人员，说："谢谢，不用不用。"

"哎呀，你看看呗。"你爸顺手接过了一本宣传册，问："你们这个是怎么个保存法？多少钱？保存到几岁？有什么功能吗？"

好嘛，这四个问题，基本涵盖了宣传册上八页的内容，这可让脐带血护士高兴极了，因为一个上午没人问她这些问题。

"我们这个脐带血技术，是用的……总共是两万块……还能送孩子一份保险，一直到18周岁……原则上我们是可以提供……可以有效救治的疾病类型主要有……"

"谢谢，我们今天主要还在排队等号……"我再次婉言谢绝。

"哦，这位准妈妈，你要知道，现在脐带血保存特别关键……它的主要用途有很多……"

"亲爱的，我觉得还不错，可以给孩子多一份保障呢！"

"是啊，这位妈妈，不然你再看看？"

我恨恨地打开了册子，扫了一页又一页。我心想脐带血保存也重要，横竖那个19号今天上午是出不来了，说："那我办一个吧！"

"好的，我今天先给你们预约上，大概一个月后可以签合同，到了分娩那天，家属记得通知我，我们会通知采脐带血。"

就这样我们听完了五分钟的宣讲，加了脐带血护士的微信。这时，突然屏幕上显示"32号"。我和你爸一脸震惊，只有那位脐带血护士狡黠地冲我们笑笑，转身离去。

该死的尿检

| 2017.7.6 周四 |

25 周的可乐，愿你快乐！

今天一大早我们就带你去医院做糖尿病筛查了。到医院半小时后妈妈突然发现"一大早"的优势没了。因为尿检要在血检之前，而尿检十分之不顺利。

尿检几乎是我所有产检项目中最大的噩梦。每次听说第二天要尿检，我头一天就会失眠。因为我晚间容易上厕所，有时候需要起夜两三次，这样一来，我到清早起床后基本就没尿意。

护士递给我一个塑料小杯，说："掐头去尾，保留中间段。"

我哆嗦着举着小杯蹲下来，但肚子太大，根本看不到尿液在哪儿流淌，等到尿出来，我又想起了"掐头去尾"。为了获取中间的精华段尿液，我非常浪费地放弃了"开头"和"结尾"，结果掐头掐得过猛，导致后继无力，等到验尿杯送过去，尿已戛然而止，并且再也尿不出来了。真乃憾事！

第一次验尿，我只接到了 1/3 小杯。

我收束着身体，虔诚地端到检验口，护士瞥了一眼："量不够，重新尿。"

我听完想也没想，一鼓作气倒了，打算重新开始。接下去一天我都在为这个举动后悔。

我要等下一次尿意袭来,但它怎么也不来。你爸说人在紧张的时候就会想去厕所,于是我让他给我输送焦虑,让我紧张起来。我们回顾了人生中许多应该紧张的时刻,还看了几个悬疑剧片段,我的肾上腺素倒是升起来了,尿意却半点没有。

第二次进厕所,四分之一小杯,我倒了。

第三次进厕所,五分之一小杯,我倒了。

我说:"对不住,实在尿不出来。"

护士说:"不然就喝点水。"

"还可以喝水啊,不是空腹吗?"

"实在不行——稍微喝点吧。"

然后你爸就搞来了一小杯水。喝了水,我继续看恐怖视频,还是尿不到标准量。看着我一脸沮丧,护士说:"不如你凑个两次吧。"

"还可以这样?"我心想,那我刚才不是白倒了?

事已至此,多说无益,为了不用明天一大早再来一次,我只好一次又一次地跑厕所。我差点急功近利到直接从便池里随便舀点验得了。

最终,我接到了适量的尿。然而,那管好不容易凑齐的尿检验没合格——细菌超标,取样不对,得重新开单子次日接着尿检。得,还不如刚才从便池里舀。

不可以讲"杀鱼"和"包饺子"

| 2017.7.14 周五 |

爸爸昨晚做梦梦到你出生花了两分钟不到,并且跟他长得一点不像。希望他这个梦境可以成真。

妈妈最近为了顺产变得很迷信,爸爸只说了自己的论文要难产就被妈妈揍了,要求他把所有的难字都换成顺字,爸爸只好无奈地说自己是个顺人。前段时间一直有只喜鹊飞到咱们家厨房外面唱歌,歌声清脆响亮。你外公单位刚好也有一个孕妇,经常有一只喜鹊飞到她那里唱歌,其他人的窗前都不去,可见动物也有灵性。妈妈很是相信那只喜鹊是专门为你唱歌的。

除了妈妈,家里最追求吉利的当属奶奶了。奶奶曾经特意嘱咐过,由于妈妈生产在即,家中不可以说"杀鱼"和"包饺子"两个词语,否则生产会不太吉利。妈妈寻思着"杀鱼"是因为太过血腥,但是"包饺子"就怎么也想不明白了。(后来奶奶偷偷告诉了爸爸,说是因为以前杀鱼前要先钓鱼,用钩子破开鱼唇,迷信里说容易让小孩子长兔唇。而包饺子是因为饺子皮捏拢后有条缝,小孩子生出来容易眼睛小。)你放心,这些都是封建迷信,不足信的,况且爸爸妈妈的眼睛足够大,完全不必担心。

有一次,家里的电视需要找师傅安装,要打两个洞。奶奶就鼓励爸爸带妈妈出门散步,但我们懒得出去。奶奶不停地劝我们出门都无果,只好把爸爸推到门外悄悄说,有孕妇的家中不可以说"打洞"。爸爸听完后忍不住大声嚷嚷起来:"什么?!'打洞'也不可以说!你不是只说了不能讲'杀鱼'和'包饺子'吗?"

奶奶当场就崩溃了。

当晚,家里的禁忌词就上升到了5个,除了那3个之外,还不能讲"缝衣服"和"打毛衣"。

体重失守

| 2017.7.17 周一 |

今天我们带你去医院复核上次的糖耐量检查。医生说你个头正合适,就是妈妈变胖了。孕期超重控制在 17 到 20 千克以内较为合理,妈妈的基础体重是 50 千克,三天前到了 59 千克,体重增幅"额度"已经用掉一半了。看来是时候控制下体重了,避免你过大。但是孕期实在是太容易饿了啊!

为了控制饮食,妈妈决定今天少吃多餐,实在馋得受不了就多喝开水充饥,吃每粒葡萄之间都尽量间隔五分钟。那天妈妈特别想吃泡芙,但是甜食可能会分解钙质,对你的成长不利,所以妈妈忍痛只吃了一小个。

晚饭过后,我还跟着你爸爸出门散步了一个小时。这样烦琐的工序一天坚持下来,重了四两。根据这个趋势,妈妈生完你之后即将变成一个大胖子。

要知道,《骆驼祥子》的虎妞就是胎大难产过世的,妈妈不禁担忧起来。虎妞生性泼辣,好吃懒做。泼辣妈妈没有,但是好吃懒做绝对是践行得很好。老舍的另一部作品《抱孙》中,那个少奶奶也是吃得太多动得太少,胎大难产,最后去了医院剖宫产,没想到遇到愚昧的婆婆,也死了。这么看来,老舍先生简直是孕产期忌口代言人啊!

电视上的女明星们怀孕只胖肚子,明明现实生活中的妈妈会肿成一只鼓起的河豚,或是一只四肢纤细但肚皮滚圆的青蛙。到处都宣传说怀孕的女人最美,大概是害怕妈妈们心情不好影响孩子,所以编出来的美丽的谎言吧。

同样需要减肥的还有你爸。他除了孕吐,几乎把孕期的相关症状和烦恼都体验了一遍。今天他一称,自己居然比几天前重了四斤,已经到了 64 千克。但捣鼓了半天,爸爸又再次高兴起来,因为他脱掉了外衣,发现瞬间就"瘦"了 1 千克。然而妈妈刚才只穿了一件衬衫称,自然没有他那般喜悦了。

焦虑的父母

| 2017.7.18 周二 |

今天早上爸爸妈妈因为你去哪里上中学的问题争论得如火如荼，最后我们发现距离你上高中还有将近15年！当然，有这番争论的起因是妈妈需要去转户口，方便你到时候落户择校。之所以拖延许久未去也是焦虑会不会影响你入小学，而距离你入小学也至少还有7年的时间！

很多父母都会在心情沮丧时告诉孩子："如果不是为了你，我们早就离婚了。"而实际的真相却是，如果没有孩子的诞生，他们可能不必有那么多的争执，因为很多家庭的矛盾都集中在教育孩子上。

你看，我同你爸爸天天冷眼旁观那些焦虑的家长，自己竟也慢慢变成那样了！

目前你还没有学业的忧虑，我们倒是更担心安全问题。之前爸爸被杭州保姆纵火案震惊，于是就买了一整套防火救援设备，包括高空救生绳索。

可乐，爸爸真的很爱你，所以他更不会去请月嫂了，交给谁他都不会放心的。为了增强体魄，他最近天天去夜跑。今天跑了6.97公里。因为他有强迫症，所以跑步回家后继续在客厅走来走去，等到软件显示7公里才罢休。

另一方面，家里长辈对于你的出生也非常焦虑。奶奶信奉的方针就是纯天然无公害，于是家里有了特意从老家带来的自制料酒、自制红糖、自制米线……妈妈相信，如果条件允许的话，奶奶恨不得为我们亲自晒盐。

外婆也没闲着。过去有传统，为了能够让孩子健康成长，会让孩子穿点旧衣服。外婆遍发消息，组织了一大片刚当上外婆、奶奶的婆婆们，开始四处搜罗穿过的衣服。当然她选衣也并不随便：孩子长得难看的，不要；孩子父母智商不高的，不要；孩子父母感情不好的，不要；家里有人不顺利的，不要……本来妈妈担心她老人家拿一大包旧衣服过来，在听到她的这些选衣标准后就释然了，这样下去，她基本也选不到什么衣服了。

对了，外婆还给我们一家三口买了银筷子，据说可以测毒。爸爸还非常好奇地问过都能测出哪些毒来，地沟油之类的行不行。妈妈凭借着多年看电视剧的经验，告诉他大概只有鹤顶红或者砒霜之类的毒才能测出来。但是这种程度的毒性都不用银筷子了，倒在瓷砖地上都能冒烟。

新闻总播最近哪里局势紧张，哪里突发山火，哪里又有爆炸。本来妈妈无意于这些新闻，但因为有你，总是行着杞人之忧。

同日爸爸日记

可乐，爸爸看了杭州保姆纵火案的新闻，又气愤又担心。爸爸自从有了你之后，更能体会失去孩子的痛楚。爸爸也在思考突发火灾时应该如何自救，于是上网买了高空救援绳索、防火毯，以及烟雾报警器。当然，爸爸希望永远不要用到这些东西。

购物狂

| 2017. 7. 19 周三 |

昨天傍晚，外公外婆又来看我们了。外公又买了一个晾衣架和一个砧板，就放在他上次买的晾衣架和砧板旁边。他还想着帮我们做饭，但是做饭太热，于是他又买了一台大电扇，放在了家里他已经买的四台大电扇旁边。

外公平时自己不舍得吃穿，把所有的钱都用来给爸爸妈妈买东西了，我们自然是感激的，但是他买的东西未免也太大太多了些，总让我们觉得有些惶恐。但是老人家的心意毕竟不能伤害，为此家里的东西便越来越多了。

起先外公觉得我们家里锅不够，于是买了各种规格各种用途的好多个，中间奶奶还添置了两个，在大家的努力下，锅的数量和品种终于够了，但新的问题出现了，厨房并没有空间搁置这么多的锅。所以，外公又购买了两个巨大的木架子。

关于拖鞋的问题也是这样，妈妈在搬入新家之时购置了棉拖鞋 6 双，凉拖鞋 6 双，方便两家的父母随时过来。后来外公觉得棉拖鞋不够好就重新买了 6 双，奶奶觉得凉拖鞋不够好又买了 6 双。终于拖鞋符合了规格，但是鞋架已经塞不下了。还有你的衣服，奶奶带来了你虫虫表哥穿过的一大箱，外婆又带来了自己买的一大箱。妈妈粗略地帮你估算了下，从你出生到满月，每日换两套也不会重复的。

前段时间外公还买了一口大柜子放客厅用来储存杂物，大家觉得柜子好看但貌似有点不对称，于是下午外公又买了第二个。昨天外公又买了一个小柜子在厕所用来放置各类塑料盆。爸爸觉得那个柜子实在奢华，可以放楼上做书柜，妈妈及时制止了他，因为这样一来外公就会知道我们还缺一个书柜，家里就又要多一个柜子了。

世界破破烂烂，你爸缝缝补补

| 2017.7.22 周六 |

你爸爸是个"社恐"。当年他想跟妈妈表白，跟着妈妈走了好远好久，最终在送妈妈上楼前，反复说："其实我……其实我……"他遇到任何事情，总想靠自己，不愿意麻烦任何人。我们出门找不到路，他绝不开口问人，一定要靠着自己薄弱的方向感顽强找路。

这次的问题也是这样。今天阳台掉落了一块瓷砖。刚一掉落，妈妈就建议他找个师傅修缮下。可你爸爸却说："不就是块瓷砖嘛，我先自己弄一下。"于是他就打开了手机，查询后网购了胶水。可等到胶水一到，他又发现自己无法将胶水平整地涂在墙面上，因为墙面上还残留着一些水泥，而且那块瓷砖在其他瓷砖堆里也显得格格不入。妈妈就劝他说："不然算了吧，凹凸不平就凹凸不平嘛，就算空在那里也没事，其实也不影响生活。顶多有客人来的时候，跟大家解释下，这里曾经有过一块瓷砖。"但是你爸爸是个细致认真又有强迫症的好爸爸，他又网购了刮刀，一通操作猛如虎，瓷砖还是没能黏上去。他每天光着膀子，顶着个大肚腩，在阳台上干得大汗淋漓，不知道的以为他在搞装修呢。

就在昨天中午，妈妈正在沙发上看着书，你爸突然冲过来，激动地喊道："亲爱的，我修好了！"

妈妈也跟着激动起来，跑过去阳台一看，那块瓷砖果然粘在了墙上，尽管比其他瓷砖突出来了一两厘米。妈妈忍不住鼓起掌来为你爸爸感到骄傲。说时迟那时快，妈妈掌声还没落下，那块瓷砖就应声掉落了。妈妈赶紧找补说："这应该不是我鼓下来的吧。"

爸爸没说什么，耷拉着脑袋提不起来劲。

我劝他去找个师傅，对面二楼就有一家在装修。"你只需要走过去说，师傅，我家有块瓷砖掉了，能不能帮忙砌一下，然后递给他 100 块钱。如果他不收钱，就递给他价值 100 块的烟。"

你爸爸听完，就去找了个师傅回来。

师傅一到现场，三下五除二就搞定了。那块瓷砖被稳稳砌在墙上，仿佛它从来没有掉下来过。

昨晚上家里的水龙头坏了，爸爸鼓捣了一下，本来是上下开合的，勉强变成了左右开合可以出水。在爸爸的再三努力下，终于彻底停水了。

前几天电视机坏了，我本想找师傅过来修，结果你爸爸又兴致勃勃表示他可以修。经过他的妙手，竟然真的偶然能回春——电视可以播放一会儿才没有画面。这几天，电视机画面一出来，妈妈就通知奶奶抓紧时间看，不然一会儿就没了。

因为你，认识了一条街

| 2017.7.23 周日 |

"社恐"爸爸有了你后，也开始爱跟人打交道了。现在我们知道了家门口附近那家清真餐馆的老板原来是一对双胞胎中的一个，而我们常去的那家饭馆的老板娘则有两个相差一岁的儿子。爸爸最近在用观察法训练自己的推理能力。比如他最近就觉得某家饭馆的一个圆脸厨师就是老板，原因是他常在老板娘所在的收银台附近转悠，并且我们每次点清蒸鲈鱼时他都有权力直接挑哪条。爸爸说这极有可能是为了节约成本，老板亲自下厨。但妈妈心中推测的版本则截然相反，那位圆脸厨师一定是默默地爱着美丽的老板娘，并且跋山涉水跟着来到异地讨生活。

妈妈在产检的医院还邂逅过街边水果店的老板娘。她当时在尿检，妈妈不禁联想她会不会由于吃了自家的水果导致体内糖分过高，因为每次购买水果时她都热情招呼说"不甜不要钱"。

本来这个城市对我们来说是陌生的，因为有你的出现，大家总忍不住过来问问："几个月啦？""什么时候生啊？"

因为你，我们认识了一条街。

你爸爸"社恐"的原因在于他有羞怯而又封闭的童年——他以前是留守儿童，你爷爷奶奶外出务工，他和你的两个姑姑则从小被四处寄养。可是当妈妈怀孕后,他的性格就发生了改变。比如,他以前去买菜,只是在沉默中选一堆最老的菜叶回家;如今却不同了,他得精挑细选,跟同样怀着身孕的老板娘仔细攀谈初始为人父母的紧张和不安,问问对方都吃些什么,要注意些什么,老板娘也投桃报李,告诉他怎么挑新鲜的菜。他千恩万谢地从果蔬店离开,大着肚子的老板娘则扯着嗓门喊:"你又忘记拿菜啦!"

亲爱的可乐,请你相信,你是承载着一整条街的善意和期待出生的。

同日爸爸日记

有了自己的孩子后,不知不觉对外界打开了很多。看到其他的家长,总忍不住也问问,没想到还有意外收获。看来真诚果然是人与人之间永恒的桥梁。

7 读书笔记

爱，可以包容捣蛋
——读《大卫，不可以》有感

如果说选一本家长和孩子都会喜欢的书，那《大卫，不可以》是一个不错的选择。家长选择这本书是为了教育小孩：你可别像大卫这样！而小孩喜欢这本书则是因为：大卫好酷！

大卫伸着舌头，站在椅子上颤颤巍巍去够糖罐；大卫一身污泥回家，客厅的地毯上留下了一串黑脚印；大卫在浴缸里闹翻了天，水流成河；大卫光着屁股跑到了大街上……

而妈妈一直在反复说同一句话："大卫，不可以！"

但最重要的是，闯完祸的大卫，仍然要跟妈妈说一句："我爱你。"

妈妈也回了他一句："我爱你。"

调皮捣蛋是每个孩子的天性，所有儿童文学作品中，顽童故事几乎是最受欢迎的存在。而爱，可以包容很多捣蛋的行为。对于一个小孩子来说，在幼年期如果能够得到充分的接纳和爱，他们才有勇气对抗苦痛和黑暗。

成年人常说"中年危机"，其实幼年也有危机。埃里克森把人生分成了八个阶段，每个阶段都有一项任务需要完成，如果做不到，就会引发危机。第一个阶段就是婴儿期，这段时间内最大的危机就是不安全感。如果家长能够带给孩子多一些包容，孩子才能有信心去成长。

在大卫捣蛋的时候，谁在看着他呢？是妈妈。每次大卫闯祸后，第一时间都要迎接妈妈的目光。也就是说，妈妈不光时刻关注着他，也始终陪伴着他。

爱不是因为你完美，而是就算你捣蛋、顽皮、淘气，我也爱你，一直爱你。我们身为家长，要给孩子们这样的爱的底气。但爱并不等同于宠爱。宠爱有时包括对他人的不理性的包容，归结起来，是一种俯视的态度。真正的爱是平等的，要把孩子当作朋友一样去对待。温柔但坚定地输出观点，是我们作为家长的必修课。

用心去陪伴，放手去成长！

大卫，向前走！

⑧ 怀胎八月
准 备

我和儿子的关系也是不错的。我戴了"右派分子"的帽子下放张家口农村劳动,他那时还从幼儿园刚毕业,刚刚学会汉语拼音,用汉语拼音给我写了第一封信。我也只好赶紧学会汉语拼音,好给他写回信。

——汪曾祺《多年父子成兄弟》

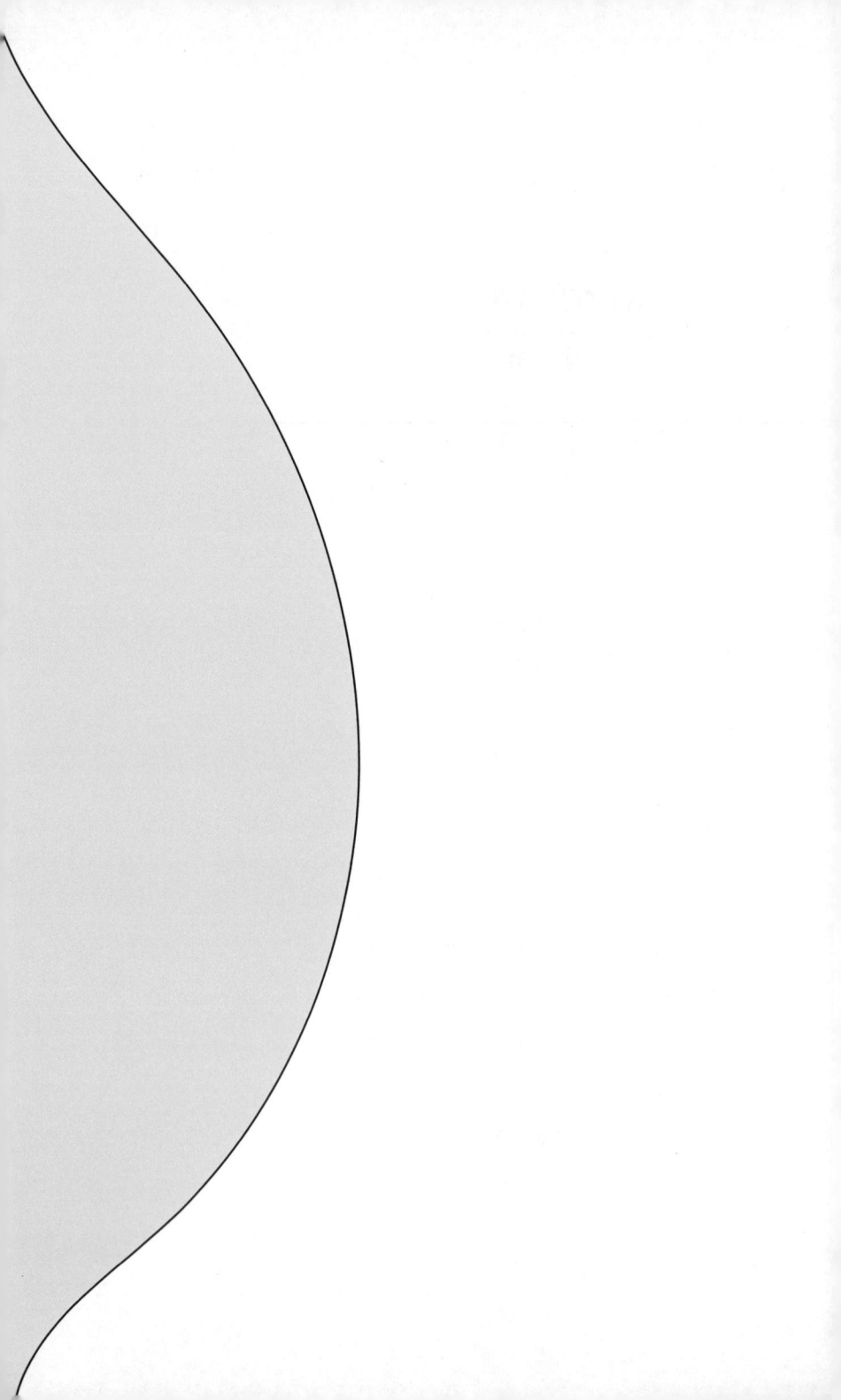

妊娠纹

| 2017.7.29 周六 |

从孕期一开始,妈妈就担心自己长妊娠纹。你鸽子小姨比我怀孕早四个月,肚子很早就长满了花纹,像个大西瓜,妈妈看着也有点惊心。当然了,当时我觉得,只要你健康快乐,也不在意肚子会不会花了。

话虽这么说,到底还是希望别长纹。于是你爸早早买了防纹油,每天帮我精心涂抹,像打蜡一样。为了双重保险,我还吃了好多据说能增加皮肤弹性的食物,比如让你外公搞来了几个上好的大蹄髈。

两天前,爸爸照例给我肚子"打蜡"。忽然,他"嘶"了起来。
"怎么了,怎么了?!"
"没事。"
"快说!"
"你长纹了!"
"什么?!你不是说这个油很好的吗!不是说适合亚洲人肤质吗?现在怎么办!"我欲哭无泪。

他考虑了良久,忽然安慰道:"老婆,你可能是欧洲人肤质。"

经过爸爸仔细检查,这三条小纹长在下部,他平时光顾着抹上边了。然后过了两天,我整个肚子正中间又出现了四五条妊娠纹,跟你鸽子小姨的肚子如出一辙了。

我越想越无语,忍不住惊扰了你外婆。

"妈,我长妊娠纹了!"

"呀,怎么长纹了,我怀你的时候可没长,你是不是太胖了!"

妈妈不想再争辩这个话题了。

当然,妊娠纹的风波很快就过去了,因为妈妈开始长颈纹了。

同日爸爸日记

自从你妈妈怀孕以来,爸爸就多了一道工作:抹防纹油。其实这个油有没有用,爸爸心里也没底,但是每天依然抹得非常认真。这是爸爸在生活中不断摸索出来的有效经验:当你为另一半提供服务时,结果不是最重要的,关键在于真挚的态度给对方提供的情绪价值,也许对其更有帮助。可乐,等你长大了就能体会这条宝贵的经验了。

腹　泻

| 2017.8.4 周五 |

中午我们带你去了菜馆,吃到了美味的炖牛肉和手工鱼丸。不过午后妈妈不幸闹肚子了,爸爸立马拉响了二级警报。

妈妈的肠胃一直不大好,三天两头就容易闹肚子,尤其是稍微生冷点的东西,吃下去基本中招。有时候外出受点凉也容易腹泻。刚怀上你的时候,我因为多吃了两颗砂糖橘就闹过肚子。后来实在馋得慌,就用热水泡水果吃,谁知道热水泡过的草莓像过夜的面团,味同嚼蜡还褪色。后来我又想到把水果榨汁用微波炉加热,结果西瓜汁加热变馊了。最后我想到了椰子汁,结果它更是夸张,稍微加热一下就有种肥皂粉的味道,喝下去感觉整个肠胃被洗涤了。

孕期腹泻更是一种很可怕的体验,因为分娩开始就是有排便感。我好怕要把你拉出来。

说起腹泻还有一段尴尬的往事。本科时有个男生跟我一组论文指导。他偶然问我借了一百块钱,迟迟忘记归还。正当我想去催债的时候,得知他肠胃炎去了诊所吊盐水,我就顺道过去探望他,希望他看在我这么"殷勤"的份上能够想起来把钱还我。结果他一见到我就突然羞红了脸:"你为什么这么关心我啊?"我也不好意思在这么多病患面前说自己单纯是为了讨钱,只好默默陪他打完了两大瓶盐水，还把他送回了家。从那天开始，整个系就风传我和这个男生在谈恋爱。

更何况，这个男生，现在是你爸爸啊！

孕妇照

| 2017.8.8 周二 |

今天爸爸妈妈带你拍孕期写真。

孕期写真的出发点是为了留住准妈妈们最真实的一面，表现出孕育生命的美感。但是如今孕期写真已经跟"真"毫无关系了。就算摄影师想展现妈妈最真实的一面，妈妈也不乐意，因为现在的我水肿又花肚子，只能依靠修图技术了。

要说人生中有哪些时刻是不自然的，拍照绝对是其中一项。摄影师让妈妈摆出各种不自然的"自然动作"。他下达指令时不断说："对对对，再笑得自然点！对对对！很好，很好！再来一张！"妈妈拍到一半就晕倒了，多亏你乖乖的，也多亏你爸爸一把捞住了我。这可把摄影师给吓坏了，爸爸也赶忙问要不然别拍了。但是妈妈心想，好不容易怀孕一次，不能留下点"美好"的证据的话，岂不是太可惜了，于是让你爸爸去附近买个肯德基回来。好在肯德基的帕尼尼和鸡腿汉堡让妈妈满血复活。

最终拍出来的孕期照还是不错的，就是跟妈妈长得不怎么像。你长大以后如果看到这套照片，记得照片里的女性是一个美颜爱好者，她并不是你的妈妈。

你瘦了，妈妈却胖了

| 2017.8.14 周一 |

我们一家三口又去做孕期体检了。医生说你体积偏小，让妈妈增强营养，还建议妈妈改喝孕妇奶粉。

这个消息真是晴天霹雳啊！妈妈体重超标了，你却营养不足。这说明我把所有的养分都吸收了。虽然知道身材走样是很大的烦恼，但是顾不得那么多了。

于是我们马上开始搜寻奶粉牌子，不知道如何选择。爸爸小时候喝过马奶，那是他的童年回忆，有摇着铃铛的小贩商人牵着一匹母马走街串巷，现场挤奶售卖。马奶什么滋味，妈妈没喝过，爸爸说跟牛奶区别不大，但是带着马匹的商人和铃铛难得。

后来我们去沃尔玛买孕妇奶粉了，妈妈会坚持喝到你出生，确保你的营养。爸爸觉得妈妈的肚子没能顺利大起来，决定明天再去买只鸡来炖。我私心想着，不如找把气枪来打，兴许更快。

我们怀疑是你日夜爱动导致自己变瘦小了。或者说你只是热爱运动，但作为一个宝宝，妈妈更希望你能均衡营养。

频频又频频

| 2017.8.16 周三 |

昨天跟几个妈妈探讨了孕期心得,大家都统一提到了"尿频",妈妈听完不由得潸然泪下。你肢体各方面发育趋向完善,你的体重外加羊水产生了巨大的压力,频频向妈妈的膀胱袭来。妈妈外出不到 500 米就要如厕一次,每次都感觉尿急到崩溃,下一秒就得拉在裤子上。结果进了厕所又死活尿不出来,出了厕所却又想立刻回去。

因此,近期妈妈的散步运动也受到了限制,除非我能随身携带一个厕所出门,夜间更是恨不得睡在马桶上。

孕后期尿频的现象其实非常普遍,只因涉及隐私,故而很多妈妈选择闭口不言。还好早就结课了,否则在上课期间频频跑厕所的话,学生毕业 20 年估计都能记得。

好运日

| 2017.8.21 周一 |

今天是妈妈的生日。常有人说孩子的生日是母亲的受难日，我不喜欢这个说法。生日是值得开心的事情，你出生的那天，一定是妈妈的超级幸福日。28年前的今天，妈妈正在很努力地来到这个世界。

你外婆当年生妈妈的时候凌晨4点羊水破了，她赶紧跟你太奶奶（妈妈的奶奶）说："快！"你太奶奶以为她说快去医院，结果她说："给我一碗汤圆，加三个鸡蛋。"吃完她就奔赴了轰轰烈烈的生产之旅。

当时你外婆正在阵痛，喊得口干舌燥，外公则在旁边拿着一块夹心饼干引诱她，告诉她这块饼干非常好吃，赶紧生完就能吃上饼干。其实外婆当时看到饼干就想吐，只想吃点汤汤水水的，所以丝毫不为所动，无奈身心俱疲没法跟外公说明。后来外婆终于鼓足所有力气，跟外公吐出了一个字："滚！！！"所以妈妈当年出生的时候外公并没有第一时间看到。

外婆说妈妈出生那天她可是受了太大的苦，硬生生把产床的两根木棍掰断了，真是好大的力气。终于到了下午3点，妈妈出生了，跟着一摊血和排泄物，哇哇大哭地出生了。外婆说那一刻觉得很幸福也很轻松。

在这个严姓大家庭中，我是第三个出生的孩子，前面两位都是女孩子，所以我的到来也给了大家一记不愉快。在我出生20天后你的鸽子小姨也出生了。她一出生就被抱走了，以完成我的大伯和大伯母想要再生育一个男孩的愿望。

我出生后你外婆在婆家坐月子并不顺心，很快就被我的外婆，也就是你的太婆接到了老家屠村。妈妈就是在屠村这个只有十几户人家的小村子里慢慢长大的。那儿一到春天开遍了桃花、梨花和李花，太婆家的后院里都是甜香。可惜后来建了几所工厂，花儿也不见了。希望等你长大了，还可以看到那里的部分美景。我很感恩自己在一个偏远的小山村生活过，这段记忆是我永远的财富。很久很久以后，我去到了中国最大的城市之一，可是在那里，我仍然想念那个落后的屠村。如果有可能的话，我希望你的记忆中也有一个能够让你印象深刻的家乡。

另外，妈妈在出生前也颇经历了一番波折。那是1989年，暴发了大洪水，你外婆一个人在乡下镇政府工作，已经怀胎七个多月了。那时洪水很大，有些不幸的人直接就被冲走或者淹没了。妈妈在课堂上谈起这段往事时回想起了苏童《黄雀记》中的片断：一个大肚子孕妇在河水中浮了起来。妈妈想着外婆能够躲过洪水一定也是因为她是个孕妇，像个皮筏子，故而没被淹没。然而后来外婆否认了这种猜想，说因为自己底盘稳，牢牢站住了，等到了别人救援。你看，我们写东西也是要有生活体验的，并不能够凭空臆想。

当然遇到洪水那天也是机缘巧合。本来外婆不会遇到，偏偏她前一天想吃西瓜，外公觉得孕期不能吃西瓜，两人因此吵了起来，外婆执意买了,结果切开是白心的,外公多少有些幸灾乐祸起来。这下可了不得了,外婆生气要回单位,赶上了最后一班公交车去到了岭北,结果岭北暴发了一场可怕的洪水。外婆说自己当时害怕极了,跟着大伙儿逃到了山上,结果打起了响雷,她不敢躲在树上,怕被雷电击中,只能又跟着往山下跑。谁知第二波洪水又来了,两个男同事拉住了她才勉强没有被水冲走。

作为镇政府,要跟县政府汇报灾情。但是洪水一来断电了,于是外婆一群人就开始用发电机发电,好给县里打报告。结果电发起来了,外婆刚好杵在一面湿墙上,当即触了电,所幸不严重,否则就没有妈妈了。

不过从好的方面想,我和她共同经历了洪水、雷惊、触电,还能平安无事,这充分说明了生命的坚韧。你看,28年的幸运,一直还被带到了今天。有些时候我们会遇到糟心的事,但之后或许能出现转机呢,下次要记得多等待一段时间,爱是恒久的耐心。我们要对这个世界充满爱和信任,它才会回馈给我们幸福和运气。

外公说：千万不要急！

| 2017.8.23 周三 |

外公外婆今天特意请假过来，原因是最近购买车库的业主非常多，再晚就怕抢不到了，开发商经理下午还要出差，因此上午我们就得把这件事敲定。买一个车库要很多钱，这是件需要谨慎的事。

刚开始听说车库要涨价时，外公抱着不置可否的态度说："我看这就是开发商搞出来的烟幕弹。这个小区这么破，下面的车库到处都是漏水和垃圾，怎么可能有人买？还要提价，就是为了把大家搞紧张。"

后来渐渐在业主群听到左一个买了，右一个买了，我们就开始焦虑起来。

外公又说："我看大家都在买，我们也可以买一个，不过得选好位置。"有些太大太贵，有些太小太偏，有些漏水，有些容易刮擦不安全……转了一圈没几个合适的。外公只好说："咱们再等等，不急。"

物业又通知了："车库还剩下最后几个，请大家抓紧。"

外公说："又是烟幕弹，真是太可气了！大家不要急！"

今天，到了开发商办公室门口，外公先给大家做了心理辅导："待会儿大家看我眼色行事，一定不要表现出很需要、很紧迫的样子，一定要表现得很淡定，一点不着急的样子。"

一进门，黑压压一群人在围着开发商经理。外公从第一个，被挤到了第二个、第三个，一直到倒数第三个，因为倒数两个是你妈妈和外婆。

"经理，我要3号！"

"经理，我买两个车库！"

"经理，6号那边的图纸给我看一下！"

……

外公大喊一声："大家排下队好不啦！"

"经理，我可以现金付一部分，支付宝付一部分吗？"

"经理，合同有个问题看不明白！"

"经理，我全款现金！"

……

外公又大喊一声："同志，你不要挤好不啦！排队！排队！"

"经理，8号还在不在？"

"经理，我大前天买的为什么牌子没挂上？"

"经理，车库有个凸起请解释一下！"

……

外公脖子上青筋跳起，在门口大喝一声："经理！我买车库！5号！全——款——我已经选好啦！我什么问题也没有！"

就这样，众人在错愕下，自然而然地给最后一排的外公让出来一条道路，大家一起注视着他走向开发商经理，交款，签字。购买成功。

回来的路上，外公又教导大家：

"你们看是不是,凡事都不要着急,一步一步来。

"看看那些人,乱糟糟的像什么样子!

"多亏我反应快,买到了最后一个好车库!啧啧!"

说完,外公满足地扣上了刚刚被大家挤开的外套扣子。

这时外婆突然插了一句话:"你为什么突然决定买5号车库啊?"

外公愠怒道:"开什么玩笑,上次你们不是考察过了吗?"

妈妈小声地插话:"上次我电话里说的是,5号车库门被锁了,看不到里面的情况。"

外公恍然大悟:"怪不得我的脑子里一直有一个5号!"

外婆惊叫起来:"哦呦,那万一不好怎么办哟,赶紧过去看看啊!"

于是,我们一群人手忙脚乱跑向新买车库的方向。

外公大喊起来:"哎呀,刚刚跟大家讲过了,不要急,不要急!"

说完外公跑到了第一个。

水 肿

| 2017.8.24 周四 |

妈妈目前最大的梦想就是能早日舒舒服服地入睡。虽然各种帖子上都表示左侧卧对孕妇和胎儿都好,但是妈妈一向睡姿散漫,喜欢一会儿睡成"大"字,一会儿睡成"人"字,一会儿仰着,一会儿趴着。可孕期手册上说仰睡胎儿容易缺氧,右侧卧在孕后期容易对输尿管造成压迫,趴睡基本不可能。

当然,我去问了别的妈妈,她们都说自己随便睡,爱怎么躺怎么躺。我听到后并没有觉得安心,仿佛是听到考试前有人说自己从来不复习一样。

伴随着睡姿的纠结,还有胎儿不断成长带来的身体压迫。近期你不断长大,妈妈已然无法安然入眠,耻骨和大腿的交接点疼到无法站起来,尤其躺下的时候疼痛感更加剧烈了。妈妈常常一整天卧在床上没法起身,同时还要顾念着左侧卧,简直是连躺都没法好好躺。有天晚上各种睡姿均告无效,我只能坐着睡。

由于躺卧的时间多了,近一周以来妈妈的双腿开始麻了,肿胀的感觉日渐明显。为了防止孕期水肿,爸爸每天都煮红豆水,希望妈妈能在妊娠纹中招之后绕开腿肿的命运。但是那个红豆水的味道实在是太差了,尤其它还不能多加糖,说是加糖容易促进水肿,还会引发孕期血糖高。

汪曾祺写过一篇《旧病杂忆》,里面写他发了疟疾,病退了,但得吃一段时间流食,以藕粉为主。"藕粉这东西怎么能算是'饭'呢?我对医院里的藕粉印象极不佳,并从此在家里也不吃藕粉。后来可以喝蛋花汤。蛋花汤也不能算饭呀!"

同感的是,我现在一想到喝那寡淡的红豆水,甚至连腿麻都觉得好多了。可见这红豆水不光没糖,还没天理。

看得很清楚

| 2017.8.25 周五 |

你的奶奶很勤快，她是那个年代众多坚忍耐劳的妇女之一。但因为家境贫寒，她上到小学二年级就辍学了。当然那时温州外出打工潮兴盛，她一时激动，自己也不想上学了。由于文化的缺失，奶奶对于很多事情难免会有自卑。日常需要看东西的时候，她就靠记忆推测那几个按钮大致的意思。等你长大了就会明白，在一个高速发展的社会里做一个不识字的人其实是非常痛苦的。我们想要教会她识字，但她也有自己的骄傲，怕学不会。

奶奶近来老花眼越来越厉害，看不清东西，妈妈便拉上她去眼镜店配老花镜。那位眼镜店的老板取了一副两百度的眼镜给奶奶，然后顺势拿了一个印满字的药盒给奶奶看，问她："你戴着能看到上面的字吗？"妈妈和外婆当时在一旁一阵紧张，奶奶不识字，这样的尴尬可如何是好，我们实在不愿她的自信心受到打击。于是妈妈就打圆场说："您看看能不能看到，只要能看到就好。"结果奶奶意外地非常聪明，她指着上面的"每日1—2次，每次3—4片"说："哦，我能看到，连1234这些小数字都看得很清楚。"

费孝通先生的《江村经济》里就提到了农村教育荒废的根源在于经济的不发展。农民劳作尚且自顾不暇，哪里有空去学习在农村根本毫无用处的文字呢？你爷爷当年非常想上学，但被太爷爷无情地阻止了，他们兄弟四人，需要有人留作劳动力，大哥去当兵了，三弟去上学了，小弟还未长成，于是他只能心不甘情不愿地务农了。奶奶家情形也不好，五个姊妹只有最大的哥哥上了学。在温州，因为经商的风潮十分兴盛，所以留守儿童的比例特别高，即便是今天，还是可以看到不少青年没有上大学甚至中学就出去干活了，毕竟提早挣钱的诱惑太大。奶奶在该上学的年纪辍学了，又长期在工厂流水线上做工，基本处于全文盲的状态。

奶奶因为不识字，生活很不方便，妈妈希望偷偷教会她认字，于是今天请她单独下楼拿一个快递，把妈妈的名字和电话抄在一张纸上，让她找对应的包裹取回来即可。结果奶奶去了好久没有回来，妈妈担心便跑下楼去看，原来那个屋子里大大小小有20多个箱子和包裹，怪不得奶奶找不到呢。

之后妈妈又把"药店"两个字写在纸上，让奶奶按照纸上的字迹去找到相应的店铺名称，奶奶这次顺利找到了。你看，只要慢慢学习，任何东西都不是很难的。奶奶之前只是缺少一个环境。爷爷和她在武汉打工时从来不让她出门买菜或者逛街，生怕她一个人回不来。如果大家能够对奶奶多一点信任，也许奶奶早就学会认字了。

读书笔记 8

生活处处有魔法
——读《贝托妮和她的一百二十个宝宝》有感

阅读旁帝的图画书,一定要选择一个晴天的午后。因为他作品中的颜色总是浓得化不开,就像普罗旺斯的花田。

遇到《贝托妮和她的一百二十个宝宝》是很大的幸运,初读这本书的时候也在冬日的暖阳里。故事情节一波三折,险象环生,令人频频心惊。

老鼠妈妈贝托妮生了120个宝宝。这位强迫症创作者还真的在页面中画了120只小老鼠,并为它们取了120个不同的名字。有一天,贝托妮出门买菜,她先后遇到了一只叫"傻福福"的怪物,三个想把她变成热蜗牛的大人,一个会逃跑的油锅,一个头顶长毛的喷壶,三块孤单的大石头,一条专门让人迷失方向的路,吃人的植物们,玩吊绳的鸡宝宝们,看书的小女孩阿黛尔,一个号啕大哭的玛德琳蛋糕,一片神奇的云,贪吃怪,歌谣里的母鸡和一朵奇异的长生花。这段奇妙的旅程结束后,贝托妮和她的先生以及一大群宝宝们顺利回到了家。

这个故事既有着孩童奇绝的想象,又有着成人琐碎的生活。贝托妮出门遇到的事情主要分为三类。第一类遭遇是危险。贝托妮和她的孩子们三次处于要被"吃"的危险状态。傻福福和大人们想要用油煎她，植物们想要生吞她，贪吃怪则想要把她的老鼠宝宝们蘸巧克力酱吃掉。前两次遇险时，贝托妮分别借助会跑的油锅和玩吊绳的鸡宝宝们化险为夷。这时候的她需要依靠别人的帮助才能摆脱困境。然而到了第三次，贝托妮则是靠着自己的力量"痛打贪吃怪"。贝托妮从胆怯走向了勇敢。

第二类遭遇是迷惘。故事中出现了两次迷路，第一次是贝托妮在逃避傻福福的途中意外迷路，此时的她非常慌乱，担心自己被吃掉。第二次的迷路是一家团圆后的迷路，"他们随便选了一条回家的路，反正他们也不知道怎么才能回家"。贝托妮从慌乱走向了从容。

第三类遭遇是孤独。贝托妮两次邂逅了孤独。第一次她遇见了三块大石头。他们一直生活在一个帽檐下，重复固定的生活蹉跎着他们的青春。"他们觉得生活太没意思了。"他们忘记了开始，也不记得当下，自然也就失去了未来。贝托妮陪他们打了一会儿牌，他们就不难过了。第二次她遇见了一个哭出一片海洋的玛德琳蛋糕。贝托妮最后用拥抱和亲吻让蛋糕停止了悲伤，蛋糕也由此裂开，里面竟然钻出来贝托妮的孩子达达乐。母子俩借助一座突然出现的神奇秀发桥渡过难关。贝托妮从寂寞走向了自信。

这三类遭遇折射着一个妈妈的困境和成长。那个随时害怕被吃掉的贝托妮，不正是生活中不知所措、总是担心大难临头的妈妈们吗？那个总是迷路的贝托妮，不正是生活中充满焦虑、担心失去自我的妈妈们吗？那个孤独而又寂寞的贝托妮，不正是在琐碎日常中寻求生活意义的妈妈们吗？那个哭个不停的达达乐，不正暗示着那些一和妈妈们分开就哭闹不止的孩子们吗？那些觉得生活没意思的大石头，不正是每日操持家事的妈妈们最深刻的体悟吗？

每一个新手妈妈都会有焦虑、恐惧和担忧，旁帝将这些不安的情绪用荒诞和夸张的手法具象化了。生活的险峻和迷茫，就这样以一种奇异又真实的方式呈现了出来。

但更为重要的是，贝托妮最终战胜了危险，击退了惶惑，找到了回家的路。只要一家人可以携手同行，那么生活处处是坦途。那座秀发桥是"天底下妈妈们的妈妈"给予的，也暗示着所有的妈妈都经历过这一切，也冲破过这一切。最后，满载着幸福的长生花会带着我们去往理想之地。

贝托妮也在告诉我们，爱才是抵抗庸俗生活的魔法。

⑨ 怀胎九月
等 待

老大去"合理补习",老二去同学家吃生日蛋糕,两岁的老三被邻居"好伯母"抱到家里去玩儿。屋里忽然寂静下来。"总算可以轻松轻松了!"太太说。她拿起一本婚前就想看的书来,还没翻几页,就换到另外一把椅子上去坐。隔不久,又换一把椅子。椅子好像都不对。"椅子是不是都该换了?"她说。没人知道椅子到底有什么毛病,该拿什么换什么。很长的一段沉默,她又说话了:"奇怪,明明人就坐在家里,可是总觉得'很想家'!"

——林良《小太阳》

节日礼物

| 2017.8.28 周一 |

今天是七夕,妈妈说这是我们两个人最后一次单独过七夕。但是爸爸听完后直摇头,说牛郎是挑着两个筐跟织女相会的,那两个筐里是他们的两个孩子,所以七夕本来就是一家人团聚的时候。爸爸不愧是辩论队出身啊!

自从我们相识以来,过节没少让我困扰,因为每个节日我们都会相互祝福,赠送礼物。这些节日包括情人节、劳动节、国庆节、光棍节、圣诞节,春节、元宵节、端午节、中秋节,各自的生日,有了你之后还要过母亲节、父亲节、儿童节和你的生日(如果你能降生在上述日子之一的话还能省一天)。因为我俩是教师和党员,还需要过教师节和建党节。我还有一个单独的妇女节。这么算下来一年到头简直没有几天安生的日子啊!

你爸爸做得很到位,他每个节日都绞尽脑汁给我想礼物。我一直说:"不用了,别客气,没事的,都一样。"饶是如此,他还是每个节日都准备。我推辞也是真的,因为他备了我也得备,我可实在想不出来那么多花样。

我们刚开始恋爱是在本科毕业,一直是异地恋。你爸爸送我第一个生日礼物时,神秘兮兮地说给我准备了一个惊喜,我一定猜不到，要我"小心"打开。我甚至专门爬到了床铺上，拉上了床帘，很"小心"地打开了，然后一大盆绿萝连土带泥和水一起，撒在了我的被单上。

后来到了你爸生日，我绞尽脑汁想礼物。突然记起他曾说过想给我一个家。于是我淘宝搜索"家"，果然搜到了"迷你小屋"。我想也没想，斥巨资200多元给他送了一个"家"。果然很棒，他收到了整整一大盒原材料，有布、木块、泥。是的，我忘记看详情了，那是个手工，这个小屋至今还在你奶奶老屋抽屉里放着。

同日爸爸日记

尽管妈妈反复跟我说节日不需要买礼物，但是爸爸每次都踏踏实实准备了。爸爸相信，机会总是会留给有准备的人，而且我也是靠着这份恒心追到你妈妈的。

第一句话

| 2017.9.4 周一 |

为了让奶奶清闲点,妈妈让她多看会儿电视放松下。谁知道现在的广告实在是太长了,电视剧才三十几分钟,广告要一两个小时。奶奶说你一岁多的虫虫表哥最喜欢看一个广告,哪一天看不到就会很暴躁,听不到那两句词自己也要哼哼几百遍。要知道,小孩子们最初学会一句话会不停地重复,重复使他们的学习成就感上升,但虫虫喜欢听的那句话是"便秘,经常便秘,请服用某某牌胶囊"。这个广告还每天在饭点播放,真是想不通他们想抓住顾客什么心理。

就像自然界小动物会出现印刻现象一样,小孩子们对于最初听到的一些话总是记忆深刻。早先妈妈和你外公外婆一家三口住时,楼下有个小女孩牙牙学语之际突然开口说了一句整话:"倒车,请注意!"这让大家哭笑不得。原来门口有辆货车,每天清晨傍晚都在那里倒车。

不知道你将来学会的第一句话是什么,我们都很期待。那会不会也是一句广告词呢?

自媒体致富梦

| 2017.9.14 周四 |

一周多前妈妈在今日头条 APP 上注册了一个账号，打算业余搞个自媒体赚点稿费。因为爸爸还没有工作，光靠妈妈一个人的工资有点拮据，于是我们就想到了这个野路子。

注册后，妈妈开启了每日更新的生活。虽然笔耕不辍，标题也是为了夺人眼球无所不用其极，但是阅读量越来越低了，不得不感叹那些做自媒体的人的压力。妈妈尝试着为自己打广告，却是无济于事，并且在推广自己账号的时候感到了前所未有的尴尬。卖东西的人推销的是产品，而自媒体推销的却是自己，仿佛自己是站立在货架前的商品，驻足等待别人评阅，这种滋味真不好受。

除了包装自己的艰难，妈妈的成绩也不堪入目。别人都有几十万的阅读量，妈妈只有几百，最好的几篇也就是上千。妈妈今天发了第 6 篇八卦文，点击量依旧很低，哈哈！要靠点击量赚钱实在是太难了，但妈妈希望在此过程中能体验下那些自媒体创业者的感受。每天坚持发文需要非常大的毅力，尤其是在你还看不到任何回报的时候。凡事都有起伏，希望你也能养成不骄不躁的性格。

然而今天下午，妈妈发现有一篇自己的文章被人原封不动连文带图抄袭了，顿时觉得再也没有任何动力写下去了。成为一个自媒体人还要跟各类抄袭做斗争,想想也是心累。妈妈只不过被抄走了一篇网文,那些全书被抄袭的原创者可见有多么愤怒了。

算了,我接受了自己目前的主业是妈妈和老师,副业是个书评人,再者的副业也就是写点发不出去的小说,最后的副业才是创建一个没人看的自媒体账号。

妈妈的自媒体致富梦虽然破灭了,却意外接到了一家出版社的书评邀约。看来还是一步一个脚印踏踏实实专注于某个领域,才能够收获成功。从小到大有很多人成绩比妈妈好,但他们最后选择了另外的道路,很少有人跟爸爸妈妈一样坚持这条路,去考硕士和博士,因为这条路更难走,收益更渺茫。但我相信,所有努力前行不放弃的人都不会被辜负的。妈妈还是向着职业书评人和作家的方向努力奋斗吧,靠自媒体发家致富的梦想暂时留给你爸爸了。

爸爸的视频点击量已经突破4000了,所以昨天又赚了7毛钱。我正要夸奖爸爸,谁知他却说这点点击量并不能算什么,就如同妈妈曾夸他牙齿虽然不整齐但是质量好,他却说自己牙齿质量一般,因为他并不能用牙齿拖动一辆汽车。妈妈表示最近进入爸爸内心世界的门槛又高了!

谁家没个容易被骗的"老小孩"

| 2017.9.15 周五 |

你的太婆终于从北京五日游回来了。关于这次旅行的成行,有个漫长的故事。

几个月前,有几个年轻人时常来到太婆他们村里,给老人们发米、油、面、火腿、鸡蛋。大家知道老人们,尤其是出身贫苦的老人们,大多是受不了这些诱惑的,尤其是被后生们一口一个"阿姨叔叔"叫得亲热。充分赢得了大家的信任后,年轻人们开始上课了。据你太婆事后回忆,那天的课程很丰富,讲的是水资源的安全。

"我亲眼看见的,黑咕隆咚的水倒进去,白花花的水流出来!"没过多久,你太婆他们坚信,政府花几个亿造的净水系统不如眼前零售价700元一台的净水器。于是大家争先恐后地购买了。

净水器事件后,太婆又报名了这群年轻人组织的1000元北京五日游,虽然收费不高但处处是坑。首先是第一天出发的飞机延误了5个小时,导致一群老头老太晚上一夜没睡,而是星夜赶赴了天津,继而转北京逛颐和园,中间的艰辛可想而知。不过,虽然我们觉得这样的旅行实在太累太乏味了,但是太婆她自己整个人精神抖擞,并且还扬扬得意地说自己爬长城爬了四个烽火台,导游手上的旗子最后也归她拿了,是她拿着小红旗带大家爬长城的,自豪之情难以言表。

更早之前,你太婆就被骗过。那次她遇到沿街叫卖的"洗金人",即帮忙清洗金器的人,太婆贡献了自己母亲传下来的一只大金戒指与一对耳环,结果被洗没了,而且那人事后很快就没了踪影。你太婆只觉五雷轰顶。这些骗子委实可恨!

我为此寻访了周边朋友。你孔倩干妈的妈妈最近被传销组织洗脑买了500元一斤的茶叶,据说那茶攻克了目前一线心血管专家都解决不了的健康难题。而鸽子小姨的公婆则花12000元买了一台据说连瘫痪都能治好的电疗仪。妈妈顿时心里平衡多了。

产检记

| 2017.9.18 周一 |

过去的孕妇是没有产检这一说的，整个孕期一般只见医生两次，刚检查出怀上的那次和要生产的那次。由于现代医学的发展，胎儿的健康率大幅提升，这主要得益于现在精细的产检。产检项目之多，品类之丰，实属每个产妇的痛点。

今天是周一，一大早我们又去医院产检。今天的项目是胎心监护和分泌物检验。胎心监护时你还是老样子，刚开始怎么都不肯动，后来妈妈吃了一个肉松包你才开始活蹦乱跳动起来。有一次胎心监护你表现得十分卓越，才半个小时就让妈妈完成任务了。

分泌物检验就有点尴尬了，因为需要脱衣服进行。每个产科门诊医生那里都有一个帘子，里面置着一张检床，患者需要褪去一些衣物躺上去等待检查。但是很多地方的门诊并不是一个医生和一个患者面对面就诊。我们的就诊环境通常是十多个患者和十多个家属将一个医生团团围住。好不容易轮到了，患者周围也有各种嘈杂的声音。原本妇产科的病症就是比较私密且令人害羞的，结果黑压压一大片人，害得妈妈很多时候都不好意思讲自己的症状。发展到后期，妈妈也顾不得好不好意思了，还生怕医生听不到我的症状，故意大声喊出来，反而尴尬一大片人。到了大医院略微好一些，但是也避免不了有个别患者径直闯进医生办公室的,总是让妈妈恐慌不已。

尿检又一波三折,自从经历了上次尿6次凑够一单的悲剧后妈妈开始谨慎了,早晨起来多喝水憋着不上厕所,但尿了两次都没有达到标准量,只好悻悻走开,先去做了胎心监护。刚开始你动得很好,结果妈妈太困睡着了,你也跟着睡着了,医生用仪器振动了你两次,你才醒来开始慢慢小幅度地晃动,妈妈只好又吃了一个肉松包,你这才开始幅度稍微大点地动,真是一个小"吃货"呀!

最后妈妈做了B超,整个过程结束后真是累到难以言说,耻骨上的压迫性疼痛更厉害了,走路都变成一瘸一拐的了。

你刚满6个月时,妈妈就非常害怕会早产,后来看到新闻说有6个月的胎儿降生也通过保温箱存活下来了,才稍微放心点。到7个月时,他们说胎儿基本可以成活,妈妈又安心了一些。妈妈还问了医生关于无痛分娩的问题,她表示不用提前联系麻醉师,到时候看具体情况,很多产妇来不及打无痛就生完了。妈妈表示很惶恐啊!

据外婆说她生产那天,看到妈妈的第一眼就哭了,说了句:"是个闺女,以后她得跟我一样受苦啊!"如果你也是个小姑娘,妈妈想对你说,妈妈希望你长大后的世界,女性的生存环境会更好,中国的无痛分娩技术可以更加成熟和普及。

包饺子

| 2017.9.20 周三 |

这段时间爸爸要回北京处理一下自己的学业事宜，确保明年6月可以顺利毕业。今天，他去孔阿姨和刘叔叔家玩了一整天，还包了饺子。孔阿姨是我的研究生师妹，硕士毕业后留在北京当了一名童书编辑，常称自己是"著名滞销书编辑"。我以前常带着你爸去他们家玩。

妈妈想起自己毕业的时候，你爸说包饺子可以促进亲情和友情的发酵，于是我们两个人去了孔阿姨家包饺子，以此纪念在北京的苦学生涯。包饺子前，我们是相亲相爱的两对情侣；开始和馅儿的时候，我们就有了意见分歧：我誓死判定番茄炒蛋馅儿、木耳鸡蛋馅儿和茴香馅儿的不合法性，并跟他们展开了关于南北饺子的深刻分析和激情辩论。你爸一开始就被他们策反了，于是这场南北矛盾又演化成了浙江省内部矛盾。后来关于要不要把蔬菜馅儿焯水我们又吵得沸反盈天。我们有双双组队辩论、男女分组辩论以及一对三女娲式辩论。

包完饺子后，大家对于其他人的手艺、速度、流程等问题再次无法赞同，连对下饺子的个数也不能统一。我提议先下20个，每人5个尝尝鲜。孔阿姨的白眼翻出天际，命令小刘叔叔："别听他们的,先下一锅!"她觉得四个人一顿下 20 个简直是对饺子的侮辱。他们来自饺子之乡——山东。我们这才知道山东人吃饺子是以锅为单位的。我跟你爸爸去金谷园吃鲅鱼饺子只能来二两,而他们能来两斤。

之后我又问了同是山东来的小孟舅舅:"你们北方人那么喜欢吃饺子,过年吃的饺子是不是和平时不同呢?"

小孟舅舅微一沉思,回答道:"平时是偶尔吃饺子,过年是顿顿吃饺子。"

(你奶奶说怀孕不能说"包饺子",反正爸爸妈妈都不信,也没让她知道。不过,眼睛小点也没事。)

同日爸爸日记

家里不能包饺子,于是特意远赴北京来跟朋友一起包。嗯,希望孩子的眼睛能够大大的。

找呀找呀找工作

| 2017.9.21 周四 |

爸爸近日终于完成了耗时已久的博士论文,今天下午去中科院的人才招聘会了。他西装革履,衣衫整洁,转了一圈,一无所获,因为没有杭州地区的单位。

前些日子他看中了绍兴一所高校,安家费能给30万。

我说:"倒也不必贪图安家费,能有个着落就不错了。"

谁知你爸爸赶忙握住我的手:"是啊,我甚至想过,不给安家费也行啊,高低给个岗位啊!"他还想问问妈妈对于绍兴的看法。

"我就是绍兴人呢!"

"我问的是对绍兴市区的看法呀!"

"那我也很清楚啊!我在娘胎里就坐过那里的乌篷船呢!"

"真的呀,太好了!那你觉得那里怎么样?"爸爸很欣喜。

"应该是很晃吧,因为当时只是在娘胎里啊!"

爸爸于是只好不作声了。

当然这个30万的工作最终是黄了。

没过几天,他又穿好西装了。他只有一套西装,只在面试和结婚时穿。

"这次是什么岗位?"

"这次的单位厉害了,是一个事业编,只要求硕士学历就可以了,我过去可能还有学历优势。安家费就给60万。"

我一听,立马弹起来给他西装四周检查一遍,叮嘱他好好表现。

这个60万的岗位很快也黄了,原因是有100多个博士去面试。除了你爸爸以外,全部都来自国内首屈一指的名校。985博士出现的时候,你爸就赶紧让开;C9博士到达的时候,985博士也退居二线;最后清北博士进入现场,大家就开始自暴自弃了。

你爸没有被这个惨痛的现实打败,他很快就去应聘了下一个职位。"哇,亲爱的,这次的单位,我真的怕吓到你,不说别的,安家费给90万啊!那可是90万啊!"

我不禁担心起来:"那它能看上咱们吗?"

"唉,是啊!我一听到这个待遇,就觉得自己不可能。"

"不然咱们另辟蹊径,你就过去跟那边面试老师讲,我不要这90万,你把工作给我就行。"

当然啦,最后爸爸既没得到90万,更没得到工作。

妈妈做了月账结算,发现本月财政赤字明显,除去妈妈微薄的工资和500元的稿费之外,一共负了将近2万元。可乐,请不要惊慌,等你出生后妈妈会努力挣钱的。目前先让我们全家期待快毕业的爸爸能找到一份好工作吧!

宫 缩

| 2017.9.22 周五 |

昨晚,爸爸因为感冒本来想去楼上单独睡,但又害怕妈妈有什么不适,只好戴着口罩开着门窗睡在飘窗上。看着他兀自裹得严实,活像个清宫剧里等待侍寝的妃子。

谁知,妈妈还真就假性宫缩了。大概从晚上9点多开始,腹部就出现了剧烈的疼痛,疼得整个人缩成了一个虾球。因为看了一些书和帖子,妈妈把爸爸叫来在一旁记录宫缩间隔时间,如果间隔时间规律的话就是妊娠前兆了,得立马去医院。

"亲爱的,我腹痛,好像是宫缩,你快记录一下时间。"

"什么?!宫缩!救护车!救护车!叫救护车!"爸爸扯着嗓子喊了起来。

"你先别激动,快问问妈,她有经验。"

奶奶生了三个孩子,又见证自己的孩子生了三个孩子。她平日里总宽慰妈妈说别着急,别焦虑,真到生产那天也要稳住,没多大个事,尤其不能惊慌。

大概也就过了两分钟,穿着睡衣的奶奶冲进卧室:"怎么了晓驰,要生了啊!"

爸爸随后赶来帮腔:"她说肚子疼!"

"救护车！救护车！马上叫救护车！！！"你奶奶不光也嚷嚷要叫救护车，声儿比你爸爸还响，她甚至还拿好了待产箱子。

妈妈看到我们家这支待产小分队的整体"备战"素养，不禁暗暗神伤。

妈妈之后疼了一个晚上，你在肚子里拼命地拳打脚踢，妈妈都怀疑你要出来了，加上有次宫缩还带有排便感，更是令人担忧。所幸的是你暂时还不想出来，宫缩时间上也没有规律可言，妈妈总算部分安心了。

还有一个月就到预产期了，家里都为你布置好啦，请准时、健康、快乐地来到我们身边吧！

同日爸爸日记

俗话说得好，有枣没枣打三竿。生孩子也是这样，最近恨不得把待产箱缝在身上，时刻准备着。别说妈妈焦虑了，爸爸也紧张得不行。可乐，请你体谅体谅妈妈，乖乖地到来吧！

读书笔记 9

从前有座"和尚"山
——绘本《三个和尚》导读

一个和尚，挑呀么挑水喝！

两个和尚，抬呀么抬水喝！

三个和尚，没呀么没水喝！

这首耳熟能详的儿歌在1981年经由上海美术电影制片厂的制作后，成为一代又一代儿童成长过程中的经典影片。故事讲了三个和尚，因为不肯合作打水，纷纷逃避责任，最后导致大家"没水喝"的困境。后来寺庙意外遭遇了火灾，众人齐心协力扑灭了大火，终于意识到了自己的错误。讲完故事后，所有的大人都会耐心地合上书，对着睡眼惺忪的孩子说："看看，这就是团结的力量！"

我怀揣着这样的期待打开了张晓玲这版《三个和尚》，想看看在时隔四十年后，这个经典民间故事又将在新一代作者手中擦出怎样的火花。

故事的开篇，精巧的构图便一下子将人带入了一个幽静僻远的意境中。整个画面通过远处的"云""寺""山"三个静态的意象，结合近处的"小和尚""流水""小黄狗"三个动态的意象，真正做到了情景交融，书中"哗啦哗啦""嘿呦嘿呦"的声音仿佛从耳边传来。同时，这也让读者一目了然地了解到"寺高水远"的环境背景，为之后的打水困局埋下伏笔。

接着，我们看到了一个小和尚"简单又满足"的生活。在同一画面中，绘者连续画了五个不同时间和不同动作的小和尚，不变的是小和尚脸上始终带着微笑的神情。这样的绘画手法在本书中不止出现了一次，佩利·诺德曼认为"一连串的系列图画提供足够的重复性——同样的人物有许多意象，呈现不同的姿态，或是在同一场景中发生不同情况——以传达连续动作感"。此即是图画中的动感，这种连续的动作感也传达出了时间的流逝，很好地注解了文字中的"一日复一日，一月又一月"。

打破小和尚这种"小确幸"生活的是两个不速之客。自此，一个小和尚，一个瘦和尚，一个胖和尚，三个和尚一台戏，众人连番登场，好戏连连。整个故事全程以轻喜剧的方式展开，画面之间衔接自然生动，人物身上的衣料充满流动之感，飘飘然有"吴带当风"之意韵。三个和尚也宛如三个淘气包，当他们举着水桶一起站在山顶"求水"时，整个故事的"笑"果达到了顶点。当然，绘者还设置了一个别具匠心的小细节，有条小黄狗从故事的开始贯穿到了结束，见证了这一段充满野趣的"山间小史"。

且慢！这个故事似乎少了一点什么？在1981年版的电影中，寺庙的大火缘于三个和尚互相生闷气，而在新版本中，仅仅是因为一个意外的闪电。扑灭大火的也不再是众人的齐心协力，只是另一场天降的大雨。

跟往常一样，我们在这个新故事里看到了欢笑、打闹、纷争、闯祸，以及最后的"大和解"。但唯独缺了一样：教训。没错，这三个推卸责任、好吃懒做，还有些斤斤计较的和尚，好像没有得到教训。我猜中了开头，却没猜中结尾。因为作者耍了一点点小诡计，让我们这些"老读者"扑了个空。这个故事没有训斥，没有批评，没有不满，没有一个"道理"跳出来指着三个和尚的鼻子。这里有的，仅仅是包容和体谅。因为在这三个和尚的身上，发生着每个孩子都会遇到的事情。作者仿佛在透过纸页伸出一只大手，抚平所有刚刚闯完祸的孩子的焦虑，告诉他们，这一切都没有那么糟糕。你看，这个故事也是如此，开始时小和尚有一个人的"简单而满足"，结尾时变成了三个和尚的"热闹而满足"，一个"小确幸"变成了三个小圆满。

粲然在她那本充满温情的小书《骑鲸之旅》中说过："几乎所有好绘本都不说教人生道理。它们津津乐道的多半是一段经历、一个过程、一个有趣的生活片段。"新版的《三个和尚》正是如此，作者们把原来颇具教育意义的寓言转变为一场彻头彻尾的游戏。故事最重要的，不是那些"我们从中学得的道理"，而是那些"我们就此有过的欢笑"，我们可以是那个天真懵懂的小和尚，可以是那个不服气的瘦和尚，也可以是那个好吃易累的胖和尚。我们可以嬉笑打闹，我们可以偷懒耍滑，我们甚至可以犯下一些小小的过错，但是在这个孩子式的世界里，在这座"和尚"山上，最终都会有一个懂你的老天，为你下一场倾盆大雨，浇灭你生活中那些仓促慌张的火焰，为你的淘气接风，为你的顽皮洗礼。

这个故事，曾关乎团结，关乎互助，也关乎理解，关乎体谅。

这里没有一个字的道理，只有一段有趣的故事。

⑩ 怀胎十月
相 遇

这是你出生的那一刻,你在宇宙洪流中,受到我们的邀请,欣然下车,来到人间,我们这个家,投在我们怀中。

—— 王朔《致女儿书》

"老龄化"晚会

| 2017.10.4 周三 |

今天是中秋,又赶上国庆长假,外公外婆来看我们,晚上大家一起看了中秋晚会。

先是看了妈妈想看的湖南台。当屏幕上出现一大群外公外婆和爸爸完全不认识的青年男女时,他们三个就开始各种问。

"这是谁?"外公问。

"毛晓彤。"妈妈答。

"没听说过。"外公嘟囔。

"那是谁?"外婆问。

"郭碧婷。"妈妈答。

"没听说过。"外公又嘟囔。

"中间那是谁?"爸爸问。

"你自己不会看屏幕啊!"妈妈白他一眼。

就这样,五分钟之后,外公坚决换了中央台,他觉得湖南台请的人都太吵了,名气也不大。他将不认识的统一归结为"名气不大"。这么一换果然显出了差别。

外公问我们:"是不是觉得中央台格局高了?"

妈妈赶紧说:"是,感觉从主持人到嘉宾年龄都大了两三倍。"

外公哼哼，没搭理我们。开场舞开始了，林依轮开始唱跳起来。

外婆很激动："林依轮！林依轮！看看还得是我们中央台，能请到一线小生。"

"妈，林依轮都快 50 岁了，咱不说是不是一线的问题，他最多只能算是个老生。"

谁知接下来的节目，齐秦出来了，连齐豫都出来了。

妈妈抚掌大笑："哈哈，这两个嘉宾加起来都快 120 岁了！"爸爸刚要跟着笑起来，被你外婆一个犀利的眼神封锁住。

再接下来：巫启贤，1963 年生人；林志炫，1966 年生人；江珊，1967 年生人。

然而汪明荃的出现让外公彻底傻眼了，情不自禁地说："哎呀，汪明荃得有个 70 岁了吧！"这次连外婆也笑了。要知道汪明荃出生于 1947 年，比新中国成立都早啊！

"不怕，咱们还有 TFBOYS，都还是孩子呢，肯定比湖南台的年轻！"爸爸找补了一下。

"那不一定，不信咱们换台看看。"妈妈征求了一下大家的意见，外公外婆用眼角的余光表示可以。湖南台一打开，果然刚才中央台的那种端庄和严谨消失无踪，整个舞台异常嘈杂，还有好几个小戏骨在那里表演戏曲，果然更小！

不过为了照顾外公外婆的喜好，我还是换回了中央台。

之后的节目，表演嘉宾基本都没有 50 岁以下的，有几个节目是多位嘉宾共同表演，顿时达到几百岁，显得特别隆重。中央台有个很大的好处，演唱的歌曲基本都是些大家耳熟能详的，并且在这些节目之间走开一阵，也完全不影响观看的效果。

爸爸在节目中间去给妈妈泡孕妇奶粉。当他端着一杯奶回来时，发现一群外国年轻人在合唱《水调歌头》，不禁激动地问："是不是晚会结束了啊？"他以为这跟春晚结束必唱《难忘今宵》是一样的。

殊不知，此时晚会才刚刚开始半个小时。

今天的中秋晚会，真好看啊！

待产包

| 2017.10.6 周五 |

妈妈这几天都预约不到医院的专家号,临近生产,真是苦恼啊!

最近全家因为太盼望你的出现而变得无比紧张。妈妈在小区楼下被一个大叔吓得一哆嗦的时候觉得你可能会出来,走在路上肚子隐隐作痛的时候觉得你可能会出来,平时稍微有点风吹草动都激动得以为你要出来。

自从怀孕以来,妈妈一直在囤待产物品。为了用得更安心,我们秉持着"只买贵的,不买对的"原则。至于奶粉,你外婆从不同渠道问到了4个海外代购,意外发现他们是同一个人,我们开始怀疑此人可能垄断了诸暨代购业。

家附近的操场上,每天都有许多小朋友在玩闪亮的小飞机,相信你以后也会想要一个,或者说每次出门都想要一个。

我们还带着你去逛超市,你仿佛很开心,在肚子里手舞足蹈。到了商场二楼,那里有个小朋友很多的游乐中心。我和爸爸相视一笑,仿佛望见了那其中你的身影。游乐中心的外边还有很多童装店和儿童玩具商店,一长排的夹娃娃机,也排着不少怀抱孩子的家长。在超市里面的宝宝就更多了,从几个月到几岁的,徜徉在各式各样的食品周围。望着那些五颜六色的食物,不知道宝宝们是否能够感知到这个世界的幸福呢？就这样，逛了一圈商场，我和爸爸展望了今后十年可能的生活。

爸爸买孕妇枕头的时候店家附赠了一个你的小枕头。当我们把那个小枕头放在手心的时候，顿时觉得你更加真实了。不久后你会躺在这个小枕头里，探着脑袋瞧我们这对父母。希望我们能给你一个令你满意的世界。

此外，爸爸和妈妈开始清除家中的一些盆栽。那棵很漂亮很硕大的四叶草虽然开了很多美丽的白色球状花，但是上面悄悄布满了虫卵，我们只好忍痛把它移栽到楼下的空地了。那棵很大的蒲公英因为结了很多花苞，即将飘絮了，这对容易过敏的妈妈不利，也被移栽到楼下公共绿化带了。花期持续了几个月的油菜花则是自己寿终正寝的，我们很好地告别了它，现在那个小盆子里静静长着三棵小松树苗。至于那两棵疯长的薄荷，因为气味会刺激孕妇，已经被爸爸挪到了楼上，妈妈把它们分送给了三个学生。妈妈还忍痛放弃了一棵已经一米多高的小树苗，原因是家里植物太多，导致蚊虫也增加了。最关键的是，我们有你之后，便在自己原先的生活中开始做减法了；而加法，自然是做到你生命中去了。

同日爸爸日记

最近，看到校园里的孩子如雨后春笋般地冒出来，可乐，我也在想象你的样子，你的神态，和你可能会说的话。你会是一个怎样的孩子，有着怎样的思想？我以后就要成为你要依靠的那个人了。我时常问自己：做好准备了吗？

比拼大会

| 2017.10.7 周六 |

前晚妈妈又假性宫缩，很是害怕，于是去产妇群问了一声，结果有个准妈妈也有同样的情况，跟我一样肚子疼。最近这个节骨眼上，肚子疼可麻烦了。还好我疼了一会儿不疼了，但是她今天居然生完了，这也太快了吧，哼！

妈妈之间的竞争项目非常庞杂：孩子出生前我们要比谁家孩子个头大，谁身材控制得好；孩子刚出生我们要比谁顺产，谁顺产时间短，谁孩子出生斤两更重，谁奶水多，谁坐月子不洗头不洗澡挨的时间长；之后一年我们要比拼谁家孩子奶量大，谁家孩子长得快，谁产后身材恢复得更好更快，谁家满月照、百日照、周岁照创意好；接下去的两年继续比拼谁家孩子个子高，谁家孩子断夜奶快，谁家孩子睡眠长，谁家孩子脾气好；进入幼儿园阶段，要比孩子上的是民办幼儿园还是公办幼儿园，双语幼儿园还是普通幼儿园；然后来到小学、中学以及大学，比到硕士、博士以及找工作；找完工作又继续比谁家孩子结婚早，谁家孙子生得早；最终在孙子出生后进入重新一轮的比拼。

但你的妈妈不跟人家比，咱们要有自己的节奏。

计划生育

| 2017.10.8 周日 |

当年，你奶奶生了你两个姑姑，铆足劲儿想生个男孩。那段时间刚好村里在开展计划生育，奶奶怀着你爸爸时东躲西藏，住进了爸爸的姑婆家。

"唉，那时候可真苦啊！你说是吧，亲家母。"有一次聊天，奶奶跟外婆讲起那时的事。

外婆很是同情地握住了奶奶的手。

"你看我家那两个，生下来就营养不良，因为我怀着她们的时候根本晒不到太阳，也不敢出门。"

外婆摸了摸奶奶的手。

"那个时候搞计划生育的工作人员啊，三天两头就过来家里搜人啊！有一次我来不及跑，就躲进了姑妈家的衣柜里。那个衣柜好小的，我整个人缩在那里，都快喘不上来气了，他们才走。"

外婆摸了摸奶奶的后背。

"还有一次更惊险，他们半夜三更来。还好我听到脚步声了，赶忙顺着后门偷跑到了山上去。当时太紧张，跑着跑着拖鞋掉了一只，又不敢回去捡，又害怕被人捡到。等到两只鞋都跑丢了，索性赤着脚在山上一通乱跑，像只兔子一样乱窜。"

外婆还是没有出声。

哦,亲爱的可乐,忘记告诉你了,你外婆当年是负责计划生育工作的。没错,在你奶奶当年挺着大肚子四处奔逃的时候,你外婆则挺着肚子在四处巡捕那些超生的"大肚子"。

温泉旅馆店的熊

| 2017. 10. 10 周二 |

昨晚妈妈做了一个奇怪的梦，梦见自己是一只黑熊。

梦是这样的。在你大概五岁的时候，爸爸妈妈带着你一起去一个小山村旅游，却发现那边的旅店老板、温泉店老板、水果摊老板、旅客、行人等，都是动物化身的，并且只有我能看出来他们各自是什么动物，当即觉得非常可怕。后来我们去看电影，电影院里表面坐满了人，实际上却都是动物，妈妈感到更加害怕了。后来在电影院有两个人起了冲突，就打了起来，妈妈看到的场面也是一只鬣狗和一只狐狸在撕扯打斗，但是爸爸没注意到妈妈正吓得瑟瑟发抖。之后我们走在路上，突然冲出来一个大汉欺负一个卖橘子的小贩，那个大汉完全不讲理，小贩惶恐得不知所措。妈妈看出来那个大汉是一只老虎，小贩只是一只长毛黑兔子。

爸爸这个时候为那个小贩说了两句话，那个大汉就冲过来了，妈妈为了保护爸爸，想也没想就挡前面了（我自己都被感动了），并且用自己的双手猛地拍向那只已经变形成人的老虎。可怕的事出现了，在妈妈冲过去的那个刹那，忽然感到自己身体出现了强烈的胀痛，痛到难以置信，紧接着在根本觉察不到的时间内，妈妈的双手自己不听使唤地肿胀成了厚厚的一片。妈妈这才发现自己原来也是动物，是一只黑熊。妈妈想着反正自己在身形上有优势，索性一鼓作气把那只老虎给拍晕了。

因为人熊殊途，所以妈妈保护完爸爸和可乐就害怕得逃走了，怕你们嫌弃我。妈妈在走之前回头望了你们一眼，全家眼睛里都是眼泪。你拼命大哭，爸爸却像知晓什么秘密一般地看着我，仿佛在说：你安心走吧，我会照顾好孩子的。

结果妈妈一走就是十多年。很远之后的某一天，妈妈在这个地方开了一家温泉馆。很多游客前来，他们不知道这里的居民和老板都是动物变的。直到有一天，一个老师带着班上一群十四五岁的小姑娘也来到了这里春游，正是适合泡温泉的时节。

妈妈正忙活着招待客人的时候，突然发现了一个小姑娘，她虽然有人的外形，其实却是一只小熊。她的爪子跟妈妈的一样，带着白色的条纹。妈妈一眼就认出来那是你。你因为是人和熊生的，所以认不出妈妈，只是觉得有种天然的亲近感。妈妈问你过得好不好，你说跟着爸爸一个人，父女两个很幸福。爸爸会做一种叫"熊哨"的东西，就是把普通的哨子加工成熊的形状，声音很好听，吹起来有山林间的风声。你说爸爸很喜欢熊，从小带着你了解了很多熊的知识。温泉旅馆的热气不断往上冒，妈妈跟着眼睛湿湿的。

离你们回家的日子越来越近了，妈妈还是不敢跟你相认，整天独自神伤。

终于，你们要离开了，妈妈收拾房间的时候看到了你留下的明信片，上面说：

"我在五岁之前的时候一直跟爸爸妈妈生活在一起，但是现在忘记了妈妈的样子，爸爸没在家里放妈妈的照片，怕我看到难过。

我总觉得，如果我有一个妈妈，应该是你这个样子的。请让我叫你一声妈妈吧！妈妈，我想你。"

温泉旅馆外面都是风声，妈妈突然又变成了一只孤独的黑熊。

同日爸爸日记

这个梦应该叫《温泉旅馆店的熊》。为什么会有这样的梦呢，我们百思终于得解：原来是你小刘叔叔之前一直在说股票的熊市，加上妈妈睡觉前因为你胎动太厉害，我们一直管你叫"熊孩子"。叫了太久，入梦了，崩溃。

另外，听你妈妈说，爸爸做梦总是伴随着一个奇怪的动作，那便是会突然翻过来拍拍妈妈的肚子，仿佛那肚子连带你是一个将要熟透的瓜，然后再诡异地翻回去，结束这整套程序。接下来的她就会沉浸在不安中久久无法入睡了。可我从来都不知道啊！

宠物不得入内

| 2017.10.16 周一 |

今天我们一时嘴馋去吃了肯德基，结果遇到两个大妈把宠物狗放在餐椅上使用餐具。爸爸当然正义感爆棚地告诉了服务员，结果被其中一个大妈看到了，拉扯着爸爸不松手。后来店主来了，那个大妈不依不饶；店主说本来就不能带宠物狗进来，那两名大妈就嚷嚷着要退款，并且反复说自家狗很乖。然而，打脸的速度实在太快了，那只小狗自从被主人提名很乖后就开始狂吠，引发了更多客人的不满，连那两个大妈后来到达的朋友也被狗给吓到了，只能说她们的友军不给力。结果自然是她们理亏撤退了。

妈妈在医院总共遇到过6次狗，其中一次居然出现在产科门诊。有个男人带着宠物狗在四处张望，还把给孕妇称体重的秤拿来给狗称重，完全无视周围孕妇在排队。妈妈于是让护士出面干涉，但护士没有开口。到了一楼后，妈妈果断跟医院提意见，负责接待的医生说以后会加强管理。正当我们要离开医院时，发现那名男子居然还牵着狗在一楼溜达，而周围并没有人制止。于是妈妈又找到了刚才负责接待的医生，那名医生态度很好，当下就把男子劝退了。

医院经过妈妈的反复建议后还是没有放上"宠物不得入内"的标示牌，但是妈妈有一次看到有保安把一个抱着狗来医院的奶奶请出去了，这也是一个大的进步。

我和爸爸认为遇到不合理、不文明的现象，应该适当地出言制止。如果每个公民都能够对不文明现象零容忍，那些不文明的群体慢慢也会意识到自己的不对，也不会如此趾高气扬了。

胎动记

| 2017.10.18 周三 |

大约在你 124 天的时候，那是一个傍晚，我感到肚子里传来轻轻的两下，我不知道你是想踢我两脚还是跟我击掌两次，仿佛在说："嘿，妈妈，是我！"后来，我能明显感到你的力量更大了。自从你成为"蹬腿大神"以来，妈妈就成了"吊脚筋大仙"。

到了 140 天的时候，你的胎动开始有规律，就是一日三餐时动得特别兴奋。接着我们发现你在晚间八九点的时候也比较活跃，爸爸认为你是想吃夜宵。妈妈老是饿得发慌，像只饕餮，但理智又告诉我不能多吃。有次凌晨在梦里饿醒了，醒来去客厅抓了几个枣充饥。我们还惊讶地发现你能跟我们互动了，爸爸摸你的时候你会动啦！那天爸爸过来摸肚子，你非常不客气地踢了两脚。

190 天，你的力量更强了，胎动的时候妈妈的肚子就会很胀，越来越像一只青蛙。与此同时妈妈总是感到很疲乏，吃午饭的时候就觉得有点头晕，后来爸爸说可能是厨房附近太闷热了。之后妈妈进入了长时间的萎靡不振，爸爸分析是因为太无聊了。因为你慢慢在长大，妈妈无法像以前那样长时间看书了，至于电视节目，实在难看得要紧。

233 天的时候，胎动变得频繁，妈妈感觉你的每一脚都很有力的样子。与此同时,你有时候还会用小手小脚不经意间挠我,隔着肚子可痒死我了。有次你的两只小胖腿一直蹬妈妈,妈妈很难受,后来发现可能是因为贪玩手机弯着腰,引发了你的抗议。

尤其是晚间,不知道你是做噩梦了还是人逢喜事精神爽,踢个没完没了,妈妈感觉内脏都要被你踢坏了。影视剧里的胎动都是一个温柔的妈妈静静地摸着自己的肚子,和宝宝温馨和谐地聆听着雨声风声。可是现实中的胎动简直是受罪啊,到后期完全没有温馨和爱意的感觉,我感觉自己肚子里装了一台滚筒洗衣机,还是洗着洗着能满地乱走的那种杂牌。妈妈近期更是被你踢得耻骨生疼,到今天都无法正常站立起来了,终于明白为何公交车专座要把老弱病残孕这五类放在一起了。

眼看着跟你沟通讲道理是行不通了,妈妈只能默默忍着了。时间过得真慢啊!多么希望我可以像所有农妇一样,把成熟的你收获。

临产记

| 2017.10.20 周五 |

明天就是预产期啦，期待早点看到你。

临近生产会有许多症状出现。最近妈妈感觉到手指很麻，果然早晨起床就发现手浮肿了。早上妈妈有点肚子疼，把爸爸激动得不知所措，赶紧出门买了两瓶红牛打算预备妈妈在生产时喝，结果过了十分钟肚子突然又不疼了。中午你又故技重施了一次，唉！

之前妈妈每天都出门散步，每隔几天就增加50米到100米，逐步行进到每日5公里了！听闻散步有利于顺产，很多人都是靠着勤走大大缩短了产程，妈妈也希望你到时候可以一发动就出来，当然前提是我们已经到达了医院。

类似的"顺产大法"还有很多，其中一个就是爬楼梯。但妈妈的肚子越来越大，不大容易看得到前路。再加上妈妈平衡能力差，走平路都容易摔跤，活像个偶像剧笨蛋女主角，所以楼梯是不敢爬了，就耐心走路吧。我经历了快走、扭屁股、下蹲……但是你一点发动的迹象也没有。你要知道最近妈妈要做出这几个动作的难度系数有多高。

最近，妈妈特别害怕出门散步时你突然发动，所以总是备着一件长长的罩衫，这样万一发动了还可以遮盖下。电视剧里都这么演：一个女人在路边生产，旁边的人帮她盖个衣服，人群中还会跑出来一个好心的大娘来接生。这个女人只需要"啊啊"喊两声，一阵婴儿的啼哭声就会传来。爸爸听完后顿时黑脸了，建议妈妈少看点电视剧。

我问了你奶奶万一你突然在家发动了，直接就出生在家里了该怎么办。奶奶认真思考了一下，说："以前的人生孩子都是自己剪脐带的，现在条件好了，那剪刀就在煤气灶上烤一下吧！"

算了，你还是去医院跟我们见面吧。

由于肚子太大，妈妈已经无法再坐着为你写日记了，只能用手机记录下来。这10个月的记录将于不久暂时告一段落，但我们携手与共的日子才刚刚开始。

同日爸爸日记

待产的东西已经全部收拾完毕，装在新买的行李箱中。老婆一有风吹草动，我就去隔壁拖箱子。

不管三七二十一，先翻过去再说

| 2017.10.21 周六 |

今天是预产期，你却迟迟没有发动。

妈妈中午有点肚子疼，结果又白白激动了一次。目前妈妈夜间翻身全靠爸爸瘦弱的小身躯了。妈妈只要一呻吟，爸爸就会醒过来开始像翻烤鱼一样把妈妈翻个身，但是随着我们逐渐增重，爸爸也很是吃力了。

有时候因为睡姿的关系，妈妈会像一只被翻壳过来的乌龟那样挥舞着四肢却无法起身，只能把爸爸摇醒。有段时间你踢得妈妈右腹剧痛，晚上只能左侧卧，这就辛苦了我们两个，妈妈每次要翻身时爸爸都要第一时间清醒，然后把蒙眬中的妈妈翻起来。目前爸爸已经形成了梦游式帮我们翻身的技能，但凡有点动静就迷迷糊糊起身，开始把胖乎乎的妈妈翻过来或翻过去。然而有次妈妈只是因为腿骨压迫性疼痛呻吟了一下，爸爸也不由分说地把妈妈翻了个身，然后满意地睡去，真是敬业！之后妈妈努力了好久才自己翻回来。

妈妈肚子大到已经无法顺利自己穿袜子了，多亏有爸爸在。妈妈还发现了自己双脚疼痛的原因并不是孕期水肿，而是因为肚子大了忘记剪趾甲导致趾甲内翻嵌进肉里出血了。这么一来，就不用破费去买双新鞋子啦！当然，由于肚子大了够不到，妈妈剪趾甲的时候左右脚各误伤了一个脚趾。

希望你能健康平安地到来。

胎心监护

| 2017.10.22 周日 |

今日已经超过预产期一天啦！为此我们去了医院检查。前两周就完全入盆的你又被检查出来半入盆了，真是伤脑筋。胎心监护虽然正常，但你动了没多久就开始打嗝然后不动了，妈妈也非常无奈。后来看到另一位妈妈居然站着边活动边做胎心监护，乍一看妈妈还以为她在跳舞呢！等到我们回家，你又动了一个晚上。

亲爱的可乐啊，你真是昼夜颠倒啊！

胎心监护应该是众多产检项目中相对友好的一个了，全程不劳累。孕妇只需要躺在床上，腰间围着一个感应器就行，身侧连着一台显示屏，记录胎动的状况。第一次做胎心监护的时候我没经验，以为只要往上一躺就完事了，中间甚至睡着了，直到护士提示我才清醒过来。

"喂喂喂，醒醒，你数据不行，重做！"

我立马惊醒。原来胎心监护还得检查胎动的频率，我睡着的同时可能你也睡着了。于是我只好起来晃了两圈，重新排队进去又花了40分钟。这次我一下眼睛也不敢闭，生怕你也在肚子里打盹。

"你怎么回事，重做！"

又40分钟浪费了。看到我沮丧的情绪，旁边的孕妇支招了：

"喂，你偷偷吃点东西，可能孩子就爱动了。"

你爸赶紧去买了一个肉松包。我吃完后毕恭毕敬地重新进了监护室。这下我不光不敢睡，还偷偷假装在咀嚼，希望可以骗过肚子里的你。你大概是随了我，只要一吃东西就开心得手舞足蹈，动个不停。后来每次做胎心监护，妈妈都会偷偷吃点东西。

后来胎心监护这个项目就只能随缘了。有次我们起了个大早，你不配合让我反复重做；有次我们下午睡饱了再去，你又不配合让我反复重做；有次我们在医院外先散步了半天，确保你手舞足蹈兴奋起来，可你进了医院突然又不想动了。有次我想着次次那么艰辛，准备打个持久战，准备了一大堆吃的，抱着3个小时再回家的信念才去的。结果你配合超级好，一次就成功了。

同日爸爸日记

一群爸爸在监护室外等着，有的在打游戏，有的在带着老大打游戏，只有我，每次都拎着几个肉松包。

10 读书笔记

你好，孙大圣
——读《大闹天宫》有感

　　如果说什么是中国孩子一定要读的作品，那一定有孙悟空的故事。

　　1961年，一部动画电影横空出世，改变了此后半个多世纪中国孩子的童年幻想。这就是中国第一部彩色动画长片《大闹天宫》。随后，铺天盖地的同名图书问世。

　　或许很多年以后，当变成斗战神佛的孙悟空面对着花果山的小猴子们时，他还会想起他曾经想成为齐天大圣的那个下午。

　　东海畔有神山，叫作花果山，繁花似锦，鲜果诱人。这里住着一只小猴子。他本是石猴成精，受了日月精华的滋养，访了名山大仙的庙门，得了菩提老祖的教化，得名悟空。

　　有了名字后，他开始不满于当一只普通的猴子。

　　"成为一只卓越的猴子！不！成为天上地下绝无仅有的美猴王！"这个想法悄悄冒了出来。要成为大王，就得有像样的兵器。东海龙王的宝贝多，就下海得了那件定海神针当宝贝。一万三千五百斤的如意金箍棒，搅得龙宫地动山摇。

　　听花果山的老猴子说，天生万物，都有寿数。孙悟空不甘心自己的生命受控于地府，于是他毫不犹豫冲下地府，勾了生死簿，顺带把花果山猴子猴孙的寿数限制也给取消了。这下，他们都是长生不老之身了。

"不不不，还不够，还要成为与天同寿的存在。我要做齐天大圣孙悟空！"又一个想法冒出来。

他想跟天一样高远壮大，跟地一样广博无垠。他想要天地间万物毫无拘束，没有贵贱，自由自在。

于是他带着小猴子们扯起了大旗，上书"齐天大圣"，牢牢地插在花果山上最显眼的位置。这下天庭可不干了，十万天兵天将赶来围剿，花果山众猴跟他们斗了个两败俱伤。

玉帝招他上去做小仙弼马温，孙悟空却把蟠桃园里的桃子偷吃个精光。这下可惹恼了玉帝，先后派出了巨灵神、三太子哪吒和四大天王，都被孙悟空打了个落花流水。最后二郎神和太上老君合力，一起把孙悟空抓进了炼丹炉，炼了七七四十九天。

到了最后一天，早该被炼化的孙悟空横空出世，一脚踢翻了炼丹炉。在熊熊火光中，他双目放光，炼就了火眼金睛。自此，所有妖魔都难逃他的眼底。他成为真正的齐天大圣。

这是一个多么个性张扬的英雄啊！一个成精的小石猴，不自卑于自己的出身，敢跟九重天上的神佛叫板。哪怕我们知道他过后会败在如来佛祖的掌间，哪怕他要历经九九八十一难的磨练，但我们始终相信，当取经功德圆满之际，他还是那个自信张扬的孙大圣。

英雄故事中投射着孩子们的梦想，他们是那么渺小，又那么神通广大。他们向这个世界勇敢迈出第一步的时候，他们就是孙大圣了。

希望每一位孙大圣，都有火眼金睛，都有如意金箍棒，都能面对这世间一切艰难险阻，一路向前。

后记
你生命中的第一天

可乐,你出生的日子是 2017 年 10 月 23 日。

这一天清晨 5 点 40 分,妈妈突然感觉下身有一阵暖流,很像是年幼时尿床的感觉。当时妈妈觉得很不好意思,起身查看,发现自己身下有一大摊子液体,不是血,却也不是尿。妈妈整个人瞬间清醒起来,用力地把爸爸摇醒,大喊一声:"我羊水破啦!"

爸爸在听到这句话之后瞬间跳了起来,穿着背心在床上原地转了一圈:"啊!羊水破了!要生了!怎么办?!妈,晓驰要生啦!"

穿着睡衣的奶奶下一秒就出现在了房间里,大喊:"救护车!救护车!"

妈妈制止了掏出手机的爸爸,吩咐道:"你!赶紧穿衣服,穿好衣服后叫车!奶奶换好衣服,拎上箱子,现在先找件衣服把我的屁股垫高。"把产妇的臀部垫高是为了防止胎儿脐带脱垂,这是妈妈在产前从书上学习的。

十多分钟后,我们一家人叫到了一辆快车。

司机师傅也很激动,他说接了这么多单,第一次见到要生孩子的。他安慰妈妈不要害怕,说不定还没到医院孩子就出来了呢。呃,那还是不必了吧。

临安人民医院产科这几日爆满,连走廊也都住满了人。妈妈到医院时是清晨 6 点多，先被安排到了一个很小的临时检查间，床的旁边还放着一个拖把桶。护士进来了几拨儿，询问了很多问题，妈妈都回答上了，并且回答得越来越好。护士禁不住表扬："你的思路很清晰嘛！"

可不是嘛，妈妈在生产前看了十多本书，就为了等这一天医生护士可以考查我呢。这跟鲁迅笔下的阿Q被判刑前想要努力把画押上的圆圈画好的心情是一样的。

早晨 7 点 11 分，妈妈出现了轻微的阵痛，持续大约 5 分钟，疼痛的级别跟平时的生理痛差不多，还可以忍受。妈妈有种天真的设想，认为自己可能生孩子不会太疼，毕竟之前痛经了十多年，有宝贵的扛痛经验。

经历了一系列的检查后，妈妈被挪到了一个待产间。这个房间一共可以容纳 4 个产妇，对面两个床位暂时空着，隔壁有个产妇正叫唤得撕心裂肺。妈妈听到她的喊叫声顿时心凉了一截。

上午 9 点 40 分，护士过来开始打催产素，医生说由于羊水早破，如果生产时间超过两个小时，就会出现危险，需要紧急剖宫产。那时周围只有奶奶和爸爸，外婆刚好在杭州市区看病，她听说妈妈羊水破了，决定待会儿再过来。可是奶奶听到医生所说的危险，非常坚定地让外婆立刻赶过来。

催产素打完后暂时还没有出现宫缩，旁边产妇的家属这时跟我们攀谈了起来，一问才知道，产妇就是我们楼下开果蔬店姓姚的老板娘，丈夫则是蔡老板。姚妈妈的预产期还有两周才到，她是提前出现阵痛的，羊水还没破，叫得死去活来。

"啊！医生！我受不了了！给我剖吧！求你们了！"姚妈妈大

喊起来。她的家人也纷纷恳求医生护士。

小护士柳眉倒竖:"嚷嚷什么!剖宫产是手术,手术能随便做吗?不得检查完了啊!这是对你们负责!谁生孩子不疼?忍着点,别叫!"

妈妈之前看过的书里,确实都有一条,生孩子别叫,要留着力气,否则产程的后半期会脱力。可是,真能有人做到吗?小蔡爸爸一家由于怕得罪医院,也不敢多声,只能眼巴巴看着。

几分钟后,隔壁床心心念念的黄医生终于来了。黄医生给她检查了一下,惊呼道:"天哪,宫门都开到七八指了,要生了,别剖了,你完全可以顺产下来,给你打无痛。"说完征求了产妇及其家属意见。家属们刚刚被上几个小护士给训蒙了,纷纷同意,产妇也乖乖同意,周围的护士赶紧去准备产床。姚妈妈就这样被抬走了。

上午 10 点,妈妈宫缩开始变得越来越剧烈,开始呻吟。妈妈的身侧放着一台仪器用来检测宫压,压力到 100 的时候就是宫缩最剧烈最疼痛的时候,指数小下去就慢慢不疼,如此循环往复。虽然妈妈也不想宫缩,但是宫缩如果不启动,你就无法出来,于是只好很矛盾地期盼宫缩来得更猛烈些。医生中间提醒过,如果宫缩时出现了便意,就要马上报告,这说明生产要开始了。你外婆总是开玩笑说孩子们都是被拉出来的,这是一种分娩的错觉。

当宫缩白热化时,妈妈完全忘记了之前学习的知识点和拉玛式呼吸法,只想痛痛快快地喊一声,但又疼得几乎发不出任何声音,像是一个在梦境中溺水的人。在我无能为力之际,有人惊呼道:

"啊呀!你受苦啦!"

不用说,你外婆来了。你外婆一到病房,就镇住了全场,先询问了隔壁床产妇的所有情况,又跟医生护士调侃了一些,接着发现了可怜的妈妈,开始抒情和落泪。她的情绪带动了奶奶。

妈妈仔细思考了一下,让爸爸把外婆先忽悠出去购买各种东西。后来外婆学聪明了,她一进门就先发制人地问:"还需要啥,我再下去。"

人都有自怜的情绪,如果外婆一直在旁边落泪的话,妈妈的情绪会受到干扰。分娩中的产妇不能落泪和喊叫的主要原因是会动用过多的气力,这对于生产是极为不利的。所以说,产科的医生和护士严厉一点,对于大家分娩反倒是好事。

中午12点,一个小护士喜气洋洋地进来喊道:"谁是姚秀敏的家属?谁是姚秀敏的家属?"

本来正玩着手机游戏的小蔡叔叔顿时从床上跳了起来,激动地问:"生了吗?男孩还是女孩?"

小护士高兴地说:"你媳妇宫门十指全开了,快要生了。但是她生产需要补充能量,你去给她买点吃的,她说要喝海带排骨汤、豆芽……"本来妈妈是想听完这一段的,但是剧烈的宫缩又开始了,只知道姚妈妈最后点了四菜一汤。生孩子生得如此有风骨的妈妈,不多见!

宫缩一次比一次强烈,妈妈只感到痛不欲生,好像体内所有的肠子都打上了一个结,然后被大力拉扯。那个时刻的妈妈只想着怎么能把自己撞晕好避开这种疼痛。好想大哭一场,大喊一场,可是,为了能够有力气把你生出来,妈妈知道并不能这样做。

对面的两张待产床也满了,其中一个产妇也打了催产素,却没有什么反应,于是她慢慢悠悠地走过来询问疼到快失去意识的妈妈:"嘿!你打完催产素是不是很疼啊?"

妈妈没有回答,传递过去一个"你不会看吗"的眼神,意外发现她就是前一天和妈妈一个房间做胎心监护的。由于她的孩子不爱动,于是她边跳边做胎心监护,乍看像是在跳 QQ 劲舞的样子。

"唉,你说奇不奇怪,我一点不疼,就是腰有点酸。"

这下可把妈妈气坏了,你腰酸嘚瑟什么呀,不知道别人疼成什么样了吗?但是气归气,总归也没有力气回怼,只好作罢。

接下来每隔十多分钟,这位"腰酸妈妈"就要过来巡视关怀一下我们,妈妈不由得开始羡慕乃至嫉妒她的从容。遥想起之前那位"四菜一汤"姚妈妈的婶子说的"有些人生孩子就是不疼",说的就是"腰酸妈妈"吧。

分娩的阵痛,有种凌迟的感觉,不令你一下子痛晕过去,只是一点一滴折磨着你。随着宫缩越来越剧烈,宫缩的频率也越来越高,从 10 分钟一次,到 5 分钟一次,再到 2 分钟一次,1 分钟一次。终于,妈妈感受到了一种清新脱俗的痛感,整个人被那股疼痛生生要顶出天花板的感觉。

是的,是的,你要出来了,我要跟你见面了,这种疼痛和喜悦交汇的复杂情愫难以言说,妈妈只能用力晃爸爸的胳膊,他一秒会意叫来了医生。医生检查了一下,高兴地说:

"恭喜你!……"

"孩子健康吗?"妈妈立刻问。

"你刚刚开了一指!"医生错愕地问答。

原来,妈妈连计程车的起步价都没坐到呢!

爸爸也着急了,跟你做思想工作:"可乐,好小子,别怕啊,赶紧出来！你妈体格不行的，你自己加油啊！"

妈妈一听顿时怒火万丈，谁说我不行！重来！

又一个小护士进来，喜气洋洋地问："谁是姚秀敏的家属？"

小蔡爸爸以为又是刚才那出，兴致不高，问啥事。

"你媳妇刚刚给你生了一个闺女，现在家属进去。"

小蔡爸爸原地愣了几秒钟，这时有人捅了他一下，他立马弹了起来，开始找奶粉罐，倒了滚烫一瓶水开始泡奶粉。

"人呢？先看人啊！"

小蔡爸爸又快速弹出去看人。

过了半小时，他们全家就过来收拾东西住进了产后病房。

下午3点半，已经几乎用掉全身力气的妈妈被推入温馨产房，医生帮忙穿上了医院的病号服。妈妈看过很多的电视剧，里面好多女主角都穿过这样的病号服，今天妈妈也穿上了，不由得有些高兴。

一顿收拾后，下午4点麻醉师过来，给妈妈打了无痛针。无痛针头非常粗，要打进骨头里，正常情况下妈妈肯定会疼到大叫，但是这跟刚才经历的一切对比来说完全不算什么。麻醉师说会有点痛的时候，妈妈甚至都想嚣张地回应说："你就只有这么两下子吗？这还好啊！"

打完无痛，果然不痛了，医生让妈妈休息一会儿，妈妈就闭上了眼睛。但是妈妈没有睡着，因为宫缩还没有停止，只是疼痛变得轻微。下午5点，麻醉剂已经压制不住像野兽般奔涌而出的痛意，妈妈继续回到了痛彻心扉的阶段。每一次宫缩都比上午时分的强烈，强烈到妈妈觉得自己整个人飘飘然飞上去，然后重重摔下来。

晚上7点，伴随着妈妈凄厉的一声大叫，随产的导乐（即接生医生)打电话给麻醉师让他尽快下来补一针,医生随之赶来,一检查说:"不用着急,胎头下来了,宫门开十指了!"

什么,胎头下来了,这是你的头吗?妈妈听到医生这么说也兴奋起来:"医生,孩子的头出来了吗?"

医生拍拍我的肩膀,说:"不着急,你现在要开始生了!"

你可能无法体会妈妈当时的绝望,当时的妈妈,觉得自己已然经过了九死一生,八十一难,正是要求得真经荣归故里的时候,却没想到还只是刚刚开始。可乐,你的一生中,可能也会经历到一些困境,有时候我们拼尽全力付出努力,直到筋疲力尽再难起身,这个时候如果有人说"年轻人,考验才刚刚开始",你不妨想想妈妈这刻的心境。虽然花费了所有的气力,但是凭借着对你和对爸爸的爱,妈妈还是决定坚持下去。这一整个过程中,妈妈从来没有想过要改成剖宫产,仅仅是从书中知道顺产可能对孩子比较好,在这个比较好的程度是多少都还不能确定的情况下,妈妈就肯为之而奉献所有了。这就是母爱最可怕的地方吧!请你将来也借助这爱的力量前行吧。

真正的硬仗开始了,前面只是热身准备赛。

导乐把妈妈固定在产床上,将两条腿弯曲,抬高,一边注视着测试宫压的仪器,一边指挥说:"吸气,吸气,吸气,保持,好的,然后听我口令……用力,用力,像排便一样用力……用力,使劲啊,使劲啊,用点力啊你!怎么生孩子生得这么文静啊!力气呢!拿出来啊!……哎哟,腿打开,腿打开,说过多少次了,不然会挤到宝宝的头骨啊……"

导乐的话像是一段外语听力,妈妈只听到了关键词"头骨",

于是忍着剧痛坚持把腿分开。

一阵宫缩过去了。

导乐累得气喘吁吁。

隔壁产房的导乐跑过来，说："你这边这个怎么样了？"

妈妈的导乐说："还行，配合得不错。"

妈妈一听傻眼了，刚刚不都是负面评价吗？原来我们居然还领先了呢！

隔壁导乐说："那你快熬出头了，我那个，不管问她多少次，都说腰有点酸。唉，目前看着有点悬！"

这下就知道隔壁产房住的是谁了。

半个小时过去了，你还是没出来，妈妈灵机一动，想起了新闻里经常放送的厕所产子，厕所产子之所以容易，是因为产妇用的是蹲式生产。你太奶奶在生孩子时有一次疼得跪下来，这就是理论上的跪式生产。这两种模式不仅可以有效地让产妇的腿自然分开，并且可以节省许多力气，同时还能依靠重力的作用帮助孩子出来。医院常用的躺式生产其实是不利于孩子出来的，但是方便医生们做实时的监测保证胎儿各项指标的记录，可以说各有利弊。

"导乐，咱们医院有没有蹲式生产？我想用蹲式生产！"

在此前，妈妈一直觉得临安的发展有些滞后，没想到导乐却坚定地点了点头，说："有！你等着！"

两分钟后，导乐带来了一个小凳子，让妈妈把手放在凳子上，蹲下来用力，同时又在妈妈的臀部下方安置了一面镜子用来观察孩子的进程。

不得不说，蹲式生产比刚才的躺式生产要省力多了，尽管疼痛级别上没有高下之分。当一阵宫缩结束后,导乐会让妈妈在凳子上坐着休息会,等待下一次宫缩来临。由于凳子在妈妈的前方,每次妈妈都需要转过身来坐着,有时宫缩太过于疼痛,妈妈一转身用力不好控制,就会被身上插的各类管子牢牢锁住喉咙。爸爸就得第一时间过来把快被勒死的妈妈解救出来。

几个回合后,爸爸忍不住问导乐:"医生,咱能不能再准备一个凳子,这样她可以直接坐,不用转身。"

导乐想了下,于是又进隔壁房间拿出了一个凳子。

之前我们一直以为要转身才能落座一定有其不可规避的好处和道理,没想到只是导乐没能想到这一层啊,妈妈白白被勒了这么多次呀!

蹲式生产许久后,妈妈又向导乐提出申请:

"您好啊,咱们医院有没有跪式生产啊?!我实在是蹲不住了!"

导乐否决了我的提议。

一段时间后,妈妈再次向导乐提出申请:

"您好啊,咱们医院有没有水中分娩啊?!"

导乐义正词严地告诉我:

"这位妈妈,你踏实一点,不要想东想西!"

……

晚上 9 点 03 分,妈妈感到下身被一个巨大的抽气筒抽走了什么,一个东西正在用力地拍打和扭动着,妈妈的身体一下子空了,所有的压力都完全释放了出来。

我第一次听到了你的哭声,响亮,澄澈,空灵,这是妈妈听过的最好听的声音。因为消耗了十多个小时,妈妈当时没有办法开口，只能静静地听着你的声音，在心里说："可乐，欢迎来到这个世界！"

仿佛是心有灵犀，在你降生的那一刻，隔壁产房传来了巨大的一声："啊！我！的！腰！要！酸！死！啦！"

你仿佛是被大家吓唬到了，周围是一个奇怪的世界。那时的你很害怕，很焦虑，很生气，胡乱地拍动着小手和小脚。医生把光着身子的你简单测了一下身高体重，放到了妈妈的胸口，我们就这样贴近皮肤，用特殊的方式拥抱了一下。

你竟然止住了哭声。

我想，是因为听到了熟悉的心跳。

咚，咚，咚……

亲爱的可乐，2017年10月23日晚上9点03分，你出生啦！

在这个世界上，妈妈与你首次相遇在医院的一张病床上。妈妈那时已经筋疲力尽，可是在听到你哭声的那一刻，妈妈的内心充满了幸福。

愿你在这个世界收获爱与喜乐，自由与平和。

欢迎来到这个世界！

爱你的爸爸和妈妈